# LA CANDEUR BIBLIOGRAPHIQUE, *OU* LE LIBRAIRE HONNÊTE-HOMME.

*RÉCIT dédié à la Pucelle, Belle-Sœur d'EMANUEL, &c. &c.*

*A BIBLIOPOLIS,*

Chez THOMAS LE VÉRIDIQUE, à l'Enseigne de la Vérité.

M. DCC. LXXVI.

# ÉPITRE
## *DÉDICATOIRE*
## A
# LA PUCELLE,
## *BELLE-SŒUR*
## D'EMANUEL.

C'Est à vous, Fille divine ! que je dédie ce petit fruit de mes recherches & de mes talents. Vous devez avoir de grandes qualités pour captiver le cœur de M. Kirie, qu'on vous destine pour Epoux ; car un homme qui se connoît en Livres & en Estampes, doit se connoître aussi en Beautés. Il est vrai que le Philosophe Dom Quichotte étoit amoureux de la Dulcinée du Toboso, fille hideuse & sale, qu'il comparoit aux étoiles ; mais le Philosophe Sancho, son Ecuyer, qu'on peut comparer pour la taille, sauf les jambes, à votre Prétendu, n'en étoit pas la dupe : il voyoit les choses, comme elles devoient être vues, & comme vous les voyez sans doute à l'égard de Kirie. Il n'est pas grand, conséquemment il lui faut moins d'étoffe pour l'habiller. Il a les jambes courtes & torses, donc les bas à cadet lui sont encore trop longs. Il ne se poudre jamais, partant, épargne du Garçon Perruquier, de la poudre & de la pommade. Il a la barbe fort mince, ce qui n'annonce pas une virilité bien robuste ; mais les choses frêles que l'on ménage, durent souvent plus long-tems que les autres. Telles sont à peu près les qualités de son corps : pour celles de son esprit, puisées dans une édu-

*cation judaïque, elles ne peuvent être que conformes à ſon intérêt particulier. Il ſait taxer les Livres de façon à n'être jamais la dupe de les prendre au prix de ſon évaluation. Toutes ces qualités, ſi propres à faire, avec le tems, ce qu'on appelle une bonne maiſon, réunies aux vôtres, ne peuvent avoir que les plus heureux ſuccès.*

*Etant parvenue par gradation, du rang obſcur de Cuiſiniere à celui de Fille-de-Boutique chez le célebre Emanuel votre Beau-Frere, vous ſaurez vous mettre de maniere à attirer les Chalands à votre Magaſin. S'il n'eſt pas large, il eſt profond, & tout le monde n'aime pas les grands appartemens. Au reſte, vous pourrez vous flatter d'un avantage que toutes les Femmes n'ont pas; vous poſſéderez ſeule le cœur de votre Epoux, que certainement per-*

*ſonne ne vous enviera. Il ſera peut-être jaloux, mais c'eſt une maladie dont on le guérira facilement, car après un examen attentif de ſa perſonne, il ſe rendra juſtice. Faites-moi celle de croire que je ſuis,*

MADEMOISELLE,

Votre très-humble
Serviteur,
M***.

# LA CANDEUR BIBLIOGRAPHIQUE, OU LE LIBRAIRE HONNÊTE-HOMME.

IL me semble entendre l'ombre de Gui-Patin s'écrier, à la vue du titre de cet Ouvrage : Un Libraire honnête-homme, grand Dieu ! Qu'on me le montre, que je l'embrasse, que je le baise ! J'ai toujours dit : *Non habebat animam erat enim Bibliopola* ; je m'écrierai en le voyant, *unus est qui habet.* D'autres, à la même vue, chanteront ce refrain si connu :

*Turelure, lure,*
*Flon, flon, flon,*
*Chacun a son ton*
*Et son allure.*

Mais cette proposition générale & fort

ancienne, comme on voit, ne doit pas offenser la modestie de ceux qui exercent la même profession ; on peut y répondre par la justification ordinaire du Normand : *il y a d'honnêtes gens par-tout.* Celui qu'il s'agit de crayonner ici, est-il de ce nombre, ou n'en est-il pas ? C'est une question problématique dont nous laissons la solution aux Lecteurs, après qu'ils auront vu les faits & les circonstances que nous avons à leur exposer, en nous éloignant de la méthode du Pere *Le Cointe*, qui juge de ce que les hommes ont fait par ce qu'ils auroient dû faire. Si on nous dit que les circonstances de la vie d'un Particulier sont peu intéressantes à la connoissance du Public, nous répondrons que M. de *Buffon*, en traitant de l'Histoire-Naturelle, n'a pas négligé les plus petits objets ; que l'Histoire ancienne est pleine du récit des actions des grands hommes, comme de celles des fléaux de la Société ; & que dans la moderne, on voit aussi plusieurs imposteurs, & jusqu'à Cartouche, les plus petites choses, comme les plus grandes, étant essentielles à l'Histoire de l'Esprit humain ; ce qui a fait dire à Séneque : *Nullum animal morosius, nullum majori arte tractandum quàm homo.* Il y a entre les hommes autant de différence qu'entre deux tableaux, dont l'un représenteroit *Marcus-Curius* qui, pour sauver sa patrie, ſe précipite dans un abyme ; & l'autre, *Néron*, faiſant mourir ſa mere : le premier inſpire de la vénération, & le ſecond de l'horreur. Nous prions nos Lecteurs de vouloir bien ouvrir le grand Dictionnaire des Cas de conſcience de *Pontas* & de *Fromageot*, où ils verront, au paragraphe premier : *Eſt-il permis de faire tort à ſon prochain ?* Et par-là ils jugeront ſi on a raiſon de ſe plaindre.

Le Libraire dont il s'agit, & qui devroit être plus connu, s'appelle *Emanuel*. Ce nom, chez les Hébreux, ſignifie, *Dieu avec vous* ; mais chez les Brabançons, où il habite, il fait donner à ce nom reſpectable, une ſignification diamétralement oppoſée ; il ſignifie, *Dieu ſans vous*, ou *vous ſans Dieu*. (*)

Emanuel naquit dans une petite Ville du Haynaut François, célebre par un Chapitre de Dames Chanoineſſes Nobles, par ſa Manufacture d'armes, & par ſa proximité de la fameuſe Abbaye de Maruelle, où l'on fait les plus excellentes tartes du monde, que l'Abbé s'amuſe à faire manger toutes brû-

(*) Il eſt dit du véritable Emanuel dans l'Ecriture : *Butirum & mel comedet ut ſciat reprobare malum & eligere bonum.* Il mangera du beurre & du miel pour ſavoir éviter le mal & choiſir le bien ; & quoique celui dont il s'agit ici, ait beaucoup plus mangé de tartines ( du beurre étendu ſur du pain, à la maniere Flamande ) que d'ortolans, il n'a jamais ſu que fuir le bien & faire le mal.

lantes à ses hôtes, ce qui ne lui réussit pas toujours (*). Enfin Emanuel est né dans une Ville qui, sans le Chapitre, la Manufacture & la Garnison, seroit presque déserte. Il en augmenta donc les habitans par sa naissance. La Nature, en le formant, lui fit de petits yeux d'Ecureuil, brouillés, verd-gris, & encadrés d'un bord jaune, semblable au similor; un front sillonné & de la forme d'une cuiller à pot; la tête en pain-de-sucre; les cheveux doux & frisés comme ceux du compagnon du bienheureux Saint Antoine; mais que ne peut pas l'art frisiologique de nos jours? il courberoit un mât de navire, tous les fourgons des Forgeurs & des Serruriers. Le visage du petit Emanuel, la joie de ses parens, & le sujet d'admiration de toutes les femmes du quartier, étoit jaunâtre, ondulé, de couleur de mine de plomb, avec plusieurs teintes naturelles de safran & d'olive. Ses levres couleur de coing étoient applaties comme si elles eussent passé à la filiere; son menton en forme d'éperon de botte; sa peau huileuse & douce comme

(*) Un Capitaine de Cavalerie se trouvant un jour à la table de l'Abbé de Marouelle, se brûla la bouche avec une de ces tartes. Le mal fut si violent, la colere si prompte, & l'Abbé si indiscret qu'il se mit à rire, mais pour peu de tems, car le Capitaine s'en apperçevant, cracha la tarte dans sa main, & la fit voler sur la physionomie du Prélat, qui prit le parti de se retirer pour éviter les suites de cette dispute.

la langue d'un chat : le rêve de ſa mere qui, au moment qu'elle le conçut, avoit rêvé qu'elle accouchoit de cet animal ; tous ces traits, dis-je, annonçoient un développement avec l'âge, qui devoit former le plus extraordinaire des enſembles, & faire voir à l'Europe que l'Afrique n'eſt pas ſeule privilégiée pour produire des êtres extraordinaires.

Toutes les femmes du quartier pronoſtiquoient, à leur façon, ſur le compte du petit Emanuel : les unes diſoient que ſa laideur changeroit en beauté, en grandiſſant ; les autres ſoutenoient le contraire, & alléguoient en leur faveur, la difficulté que le Curé avoit fait de le baptiſer, n'ayant pas alors connoiſſance du ſavant Ouvrage intitulé : *Matiere phyſique & théologique*, imprimé l'année derniere à Liege. Celles-ci prétendoient qu'il ſeroit du meilleur caractere du monde ; celles-là, qu'il ſeroit méchant, une bonne ame habitant rarement un vilain étui. Cependant le petit Emanuel grandiſſoit à vue d'œil ; aux dents de lait ſuccéderent dans ſa bouche deux rangées de cloux de girofle, qui, bien différent de celui de Sumatra, répand une odeur ſemblable à celle des canaux du pays de Vaës, quand on y fait rouir le lin. On lui fit une culotte & un pourpoint neufs d'une vieille veſte bleue de M. ſon pere, & ſa marraine, qui avoit été en pélerinage à N. D. de Halle, lui fit préſent d'un beau chapeau de paille qui coûtoit une plaquette. Dans cet accoûtrement, on voyoit déja percer dans le petit Emanuel un certain air de prétention, un ton de suffisance, une humeur noire, un esprit attrabilaire. Il vouloit primer sur ses camarades; mais comme son cœur n'avoit pas grossi en raison de ses traits, ils le défioient au combat, & il prenoit la fuite. Ils se moquoient souvent de lui, & cette démarche étoit en quelque sorte excusable dans des enfans qui avoient des visages comme on en a ordinairement, & qui en voyoient un dans Emanuel comme on n'en a pas. Son nez seul, de figure géométrique, & dans la forme d'un scalene, les faisoit rire, parce qu'ils avoient entendu dire chez eux qu'un laid nez n'a jamais gâté beau visage, parce que la beauté dépend de la configuration de cette partie du corps.

Dans quelques momens, Emanuel témoignoit de l'humeur à son pere de sa singuliere & hétéroclite configuration; mais celui-ci, qui étoit Potier de terre de sa profession, lui répondoit d'après St. Paul : Mon fils, est-ce au pot à dire au Potier qui l'a formé, pourquoi m'avez-vous fait un vase à honneur ou un vase à déshonneur ? Ne vous fâchez pas, on peut réparer par l'esprit les défauts de la figure; je vends autant de pots de chambre que de pots à faire la soupe; si vous êtes sage, ce que je n'espere pas trop, vous trouverez à vous placer; ou ſi vous demeurez avec moi, on eſt aujourd'hui dans le goût d'orner les cheminées de figures de ſinges, de hibous, de dogues, &c. vous me ſervirez de modele, car j'ai autrefois modelé, & je m'y remettrai encore. Emanuel ſe fâchoit, ſe courouçoit contre St. Paul & contre ſon pere, & le bon-homme, qui n'étoit pas tendre, terminoit ces propos par un coup de pied dans le derriere, lorſqu'Emanuel n'étoit pas aſſez prompt pour l'eſquiver.

Semblable au bon *Jean-Baptiſte Rouſſeau*, du côté de l'orgueil mal-placé, il auroit deſiré être né d'une plus haute extraction; mais il étoit trop près de la tige pour la nier : on pouvoit dire de l'un ce que La Mothe a dit de l'autre :

*Car il eſt né dans la Boutique;*
*Dieu voulant qu'il ne pût nier*
*Qu'il étoit fils d'un Cordonnier.*

La naiſſance n'eſt qu'un jeu du haſard, un de ces biens que la Nature ſeule peut donner. Le ſage ne reſpecte pas un homme, parce qu'il compte des Marquis, des Barons, des Ducs & des Pairs parmi ſes ancêtres; ce ſeroit un préjugé, une foibleſſe, une imbécillité vulgaire. La nobleſſe ne fut inventée par les anciens que pour nourrir à bon marché l'ambition des Particuliers : &

dans ceux qui l'ont héritée par leur naiſſance, ſans avoir de quoi la ſoutenir, c'eſt un titre ſans effet, comme la foi ſans les bonnes-œuvres. La vertu ſeule, l'honneur, la probité, les talens, l'humanité conſtituent la véritable grandeur, la vraie nobleſſe, aux yeux & au jugement de tout être penſant. L'homme qui ſe vante de ſes titres, qui nourrit ſon ambition & ſon orgueil de parchemins rongés de pouſſiere & de vers, & rabougris depuis quatre générations, eſt un fou qui calque ſa grandeur & ſes qualités ſur celles de ſes ancêtres qui, s'ils revenoient au monde, rougiroient d'avoir un deſcendant qui les déshonore, un Noble qui penſe en manant, pour ne pas dire en vilain; mais c'eſt la manie de nos jours, la quantité de Comtes d'Italie, de Marquis François, de Barons & de Chevaliers du St. Empire d'Allemagne, & de Lords & de Chevaliers d'Angleterre, fait préſumer qu'avec le tems on aura peine à trouver des roturiers. Il n'en eſt pas moins vrai que ceux qui s'en font accroire de leur naiſſance & de leurs titres, ſont des ſots, quand ils ſeroient plus brillans que des calices. Mais ſi ceux-là méritent cette qualification, où chercher celle qui convient à celui qui, comme Emanuel, né dans la plus profonde obſcurité, s'en fait accroire, prend un air, un ton impérieux qui tient de très-près à l'inſolence, vante ſon éducation, donne des avis aux Savans & aux Artiſtes, voudroit corriger Vauban ſur les Fortifications, Lebrun & Creuze ſur la Peinture, Racine ſur la Poéſie, & Rolin ſur la Proſe; tandis qu'élevé à l'ombre des ſaulx de la Sambre, & des chardons de ſon pays, il n'a jamais vu que des Dindons & des Oyes, qu'il n'a jamais monté que des Anes, mangé des topinambours & de la bouillie d'avoine, & maraudé les pommes, les poires, les ceriſes, les noiſettes, les navets & les choux de ſon voiſin? On l'appellera ſans doute un ſingulier original, une eſpece de Dom Quichotte, d'autant plus fou, que celui de la Manche n'étoit amoureux que de ſa Dulcinée, & que celui-ci l'eſt de ſon hétéroclite individu.

Emanuel un peu friand, ne s'accommodant ni de la profeſſion, ni de la cuiſine de ſon pere, réſolut de le quitter pour tenter fortune. Il entra, en qualité de Marmiton, ou plutôt de Tournebroche, chez un Chanoine de ſa Ville natale, où à la fumée du pot-au-feu & du rôti, il trouva moyen de ſatisfaire ſon goût pour la gourmandiſe & la friandiſe; car on aſſure que malgré les reſtes du Maître dont on lui donnoit à manger largement, il trempoit encore ſon pain dans la lechefritte, ce qui déplaiſoit beaucoup à la Gouvernante, qui mangeoit à la premiere table, quand il n'y avoit point d'étrangers.

Néanmoins, comme parmi les animaux, il en eſt qui, plus ils ſont laids, plus ils plaiſent à certaines perſonnes, ſon Maître le prit en affection. Il lui voyoit des tons, gauches à la vérité, mais ce ridicule l'amuſoit. Il lui apprit à lire, à écrire, & tant bien que mal à ſervir la Meſſe : il étoit même déja ſi mutin & ſi têtu, qu'il vouloit toujours avoir le dernier au *Kirie eleiſon.* Il lui donna les premiers principes de l'arithmétique ; mais des quatre regles, celle à laquelle il s'attacha avec plus de goût & de prédilection, fut la ſouſtraction. Son Maître lui repréſenta pluſieurs fois charitablement, que ce goût l'empêcheroit d'aller plus avant, & lui ſeroit un jour fort préjudiciable ; tous ces avis ne purent le dégoûter de la ſouſtraction ; c'eſt ſelon lui la plus belle regle de l'arithmétique ; auſſi on peut dire qu'il la poſſede au ſuprême degré.

La Gouvernante du Chanoine, qui n'avoit ni Chien ni Chat, ni d'autres animaux (raiſonnables s'entend) dans la maiſon qu'Emanuel, ſachant qu'il y avoit un Peintre expert en Ville, qui avoit peint pour toutes les Servantes des Chanoines, leurs Chiens & leurs Chats, voulut auſſi avoir un tableau de ſa main. „ Ma gloire y eſt intéreſſée, *dit-„ elle*, coûte qui coûte, je veux auſſi avoir „ un petit animal en peinture. " Remplie de cette idée, elle épioit le moment favorable d'en parler à ſon Maître ; elle attendit jusqu'au lendemain matin, qu'elle affecta un air fort triſte & rêveur, & laiſſa même, en prenant le thé, couler quelques larmes, à la ſuite de deux ou trois ſoupirs qu'elle ſembloit vouloir retenir. Le Chanoine qui avoit le meilleur cœur du monde, comme tous les gens de ſon état, lui dit d'un ton chagrin : „ Qu'avez-vous, ma chere ? Etes-vous „ malade ? Non, Monſieur, *repliqua-t-elle* „ dolemment ; toutes les Gouvernantes de „ vos Confreres, ont les portraits de leur „ Chat & de leur Chien faits par le fameux „ Peintre qui eſt en Ville ; il n'y a que moi „ qui n'en a pas, parce que vous n'avez ja„ mais voulu ni Chien ni Chat à la maiſon. „ Oh ! ſi ce n'eſt que cela qui vous fâche, „ *dit le Chanoine*, il y a moyen d'y remé„ dier. Il me vient une idée excellente..... „ Oui, en vérité, excellente..... Dites-la „ donc..... Mais patience, laiſſez-moi rire „ à mon aiſe ; c'eſt..... c'eſt..... Eh bien! „ vous m'impatientez ; c'eſt de faire peindre „ le petit Emanuel avec ſon habit de Tour„ nebroche & dans ſes fonctions..... La „ bonne figure ! oui, on s'y méprendra, „ on prendra sûrement ſon portrait pour „ celui de quelqu'animal ſingulier, inconnu „ dans ce pays. Vous avez raiſon ; deſcen„ dons à la cuiſine, le portrait d'un Mar„ miton qui a eu baptême, vaudra bien

„ ceux d'un Chat & d'un Chien. " Le Chanoine & ſa Gouvernante deſcendirent à la cuiſine, où ils trouverent le petit Emanuel accoûtré d'une veſte plus noire que la cheminée, d'un torchon en guiſe de tablier, plus luiſant de graiſſe que la peau de ſon viſage, qui tournoit avec beaucoup d'attention un cochon de lait qui devoit ſervir au dîner de ſon Maître. Après l'avoir bien conſidéré : „ Eh bien, *dit le Chanoine* à ſa Gou-
„ vernante, qu'en penſez-vous? votre ta-
„ bleau ne vaudra-t-il pas bien celui des
„ autres ? Y a-t-il figure dans le monde
„ qui raſſemble autant de traits ſinguliers?

Le petit Emanuel, quoique jaſeur de ſon naturel, ne diſoit rien ; il interprétoit la ſingularité dont parloit le Chanoine à ſon avantage, car tout jeune qu'il étoit, il avoit beaucoup d'ambition ; & comme il avoit vu dans quelques veſtibules les portraits de quelques perſonnes de conſidération, lorſqu'on lui eut dit qu'il s'agiſſoit de ſon portrait, il fut tout tranſporté de joie ; mais il auroit deſiré d'être plus proprement habillé, & le Chanoine qui cherchoit à l'humilier, voulut qu'il fût peint dans toute ſa ſingularité.

On fit appeller le Peintre, on lui montra ſon ſujet, dont il fut ſaiſi & enchanté. „ J'en
„ ferai, *dit-il*, un joli portrait, car de ma
„ vie je n'ai vu un animal d'une figure plus
„ étrange. " Le portrait achevé, on l'ex-

posa, & toute la Ville le vint voir. Quoique Rigaud n'ait jamais mieux fait ressembler un original : „ Voilà, disoit l'un, en le voyant, „ un animal qui a une figure bien extraor„ dinaire, je n'en ai jamais vu dans aucune „ collection de Singes, de si surprenante : „ elle a cependant quelque chose de l'hom„ me. Si quelqu'un la portoit, disoit l'au„ tre, je ne voudrois pas me trouver seul „ avec lui. Est-ce un Ours? Est-ce un Loup? On ne sait qu'en faire, & la figure étoit extrêmement bien rendue. Ceux qui connoissoient Emanuel ne s'y trompoient pas, & disoient d'abord, c'est le Tournebroche du Chanoine B......

Telle est l'injustice des hommes, la plupart ne jugent que sur les apparences, & souvent le corps de la plus jolie femme que tout le monde admire, n'est que l'enveloppe de l'ame la plus noire. Emanuel, hideux aux yeux de tous ceux qui le voyoient, & que la nature pour l'extérieur avoit traité en marâtre, n'en étoit pas moins l'enfant chéri ; il sembloit même qu'un chacun cherchât à le dédommager des disgraces de la nature, par les caresses qu'on lui faisoit : on auroit seulement desiré en lui plus de modestie, moins de malice & plus de véracité. Il étoit envieux ; mais n'est il pas permis de l'être, quand on n'a rien du tout?

Emanuel, très-bien pour la vie animale,

chez ſon Chanoine, ſentant que cette condition ne le conduiroit qu'à une autre où il auroit plus d'ouvrage, & ſeroit peut-être plus mal nourri; intimément perſuadé d'ailleurs qu'il étoit né pour quelque choſe de plus grand que pour tourner la broche, & pour apprendre que deux & deux font quatre, & que tirant de quatre trois, ne reſte plus qu'un; conſidérant encore que la Province étoit trop bornée pour exercer de grands talens, il réſolut de la quitter pour aller à Paris, après avoir au préalable conſulté ſon Maître ſur ce projet. Un jour qu'il jugea qu'il étoit de bonne humeur, parce qu'il lui avoit vu boire une bouteille de vin de Champagne plus qu'à ſon ordinaire, il ſe préſenta devant lui, & lui dit: *Perſonne n'eſt prophete dans ſon pays*, Monſieur, *je ſens au fond de mon ame un feu dévorant qui m'agite; j'ai le deſir le plus violent de voyager; que me conſeillez-vous? Je te conſeille*, lui répondit le Chanoine, *d'aller à la campagne garder les Dindons ou les Vaches. Dans les Villes, tu trouverois trop d'occaſions d'exercer la ſeule ſcience que tu ayes, la regle de ſouſtraction, à laquelle, contre mon gré, tu t'es attaché plus qu'aux autres, & ſans conſidérer qu'à force de ſouſtraire, on ſe fait ſouvent ſouſtraire ſoi-même. Pour bien opérer en arithmétique, il faut paſſer à la diviſion, qui doit être juſte & fraction-*

*née jusqu'aux restes, ce que tu n'as jamais voulu apprendre. Crois-moi, mon ami Emanuel, si tu vas à Paris, je crains que tu n'y perdes la liberté pour gagner ta vie. Quelque drôle du Boulevard t'enfermera dans une cage, & te fera voir comme une curiosité singuliere, pour gagner ta subsistance & la sienne. Il mangera aux dépens de ta figure les bons morceaux, & tu lécheras les plats. Or, comme tu es friand & que tu aimes beaucoup ta liberté, une pareille condition ne te convient pas, & je n'en vois guere d'autre pour toi dans ce pays-là.*

Le conseil étoit sage, & Emanuel plus prudent l'auroit sans doute suivi; mais à son âge on desire ardemment, on ne voit que le présent, on ne réfléchit guere à l'avenir, on ne prévoit pas les suites d'une indiscrétion, on s'embarque, & l'on se trouve souvent, après une courte navigation, fort éloigné du port où l'on avoit dessein d'aborder. Il est d'ailleurs si naturel d'abhorrer le néant, il est si agréable de faire fortune, que pour y parvenir, on trouve du plaisir dans les peines, on se réjouit dans les fatigues, on méprise les périls & on brave la mort même. *Rester Tournebroche, Marmiton, ou même Cuisinier, avec le tems, que puis-je espérer d'un pareil état?* disoit Emanuel. Si je rentre avec mon pere, je ferai des pots, des plats de terre, & peut-être, avec le tems, des tuiles: j'aime bien mieux tout-d'un-coup franchir le fossé & tenter la fortune.

Après ces réflexions, tout fut dit. Emanuel rassembla ses hardes, en fit une espece de petite valise, la mit dans sa poche, prit congé du Chanoine & de sa Gouvernante, qui lui donnerent l'un & l'autre leur bénédiction, & il partit dirigeant ses pas vers la Capitale. Il avoit environ 36 sols de France dans sa poche, qu'il avoit gagnés au jeu avec les poliçons ses camarades, & à servir les Messes des Prêtres qu'on appelle des brûleurs de cire, parce qu'ils sont lents à s'acquitter des fonctions de ce ministere. Faire, avec une somme aussi modique, quarante-six lieues que l'on compte de sa Ville natale à Paris, étoit sans doute, pour un jeune-homme sans expérience, une entreprise téméraire & hardie; mais un génie inventif supplée à tout. Des quatre poches dont on dit qu'un voyageur doit se pourvoir; une pour la santé, l'autre pour l'argent, la troisieme pour un bon compagnon, & la quatrieme pour la patience, Emanuel n'avoit que la derniere & la premiere. La Gouvernante du Chanoine lui avoit fait un petit sac d'un vieux torchon, dans lequel elle avoit mis un demi-pain, un reste de jambon, & un assez bon morceau de bouilli, avec du sel dans un morceau de papier, & le reste d'un fromage de Marouelle. Muni de ce viatique, notre voyageur prit de nouveau congé du Chanoine, de sa Gouvernante, & en croupe derriere un Capucin, il entreprit la route de Paris. Emanuel marcha d'un pas leste pendant une lieue & demie, sans s'arrêter & sans se retourner vers une Ville qu'il regardoit comme le tombeau de sa fortune. Il repassoit tous ses talens dans sa mémoire. Je sais lire, se disoit-il à lui-même, je sais écrire, je sais former des chiffres, j'entends la soustraction mieux qu'un certain Barrême que j'ai souvent entendu nommer à mon Maître; je sais enfin bien d'autres choses utiles; il faudroit donc un grand malheur si, avec tant de talens, je ne trouvois pas à Paris l'occasion de faire fortune. On dit qu'il y a dans cette Ville beaucoup de monde, par conséquent, trois sots contre un sage; je tâcherai d'être de ces derniers, & de faire plutôt des dupes que de le devenir.

Soit que les réflexions ou la fatigue du chemin eussent aiguisé l'appétit d'Emanuel, il eut faim. Il s'assit auprès d'un petit ruisseau, ouvrit son petit garde-manger, & consomma la moitié de la moitié de son pain, la moitié de son morceau de bouilli, une petite tranche de son jambon, & un morceau de fromage. Ces deux derniers mets altérerent Emanuel, il eut soif; il but dans son chapeau deux grands coups de l'eau du ruisseau près duquel il s'étoit assis. Mais on auroit pu s'appercevoir que le malheureux Emanuel, qui sortoit d'une maison ecclésiastique, alloit à Paris, & en avoit déja contracté les habitudes, car il ne dit ni *benedicite* ni graces.

A cette premiere pause il conçut des idées de la grandeur du monde, & crut que Paris étoit sans doute à l'extrêmité. Il se remit en route, & marcha plus lentement qu'avant d'avoir pris sa réfection, pour faciliter la digestion. Il n'avoit pas fait une demi-lieue, qu'il rencontra un Sergent & quelques Recrues qui l'appercevant lui rirent au nez. Oh! pour le coup, dit l'un, voilà, Sergent, la plus belle Recrue que vous pourriez faire, qu'il soit des nôtres, & qu'il vienne avec nous à la Garnison. Des nôtres, dit le Sergent, il m'est expressément défendu d'engager des Singes : celui-ci ne seroit pas seulement accepté pour Marmiton dans les Grassins.

Emanuel un peu honteux les laissa passer & poursuivit sa route. Sentant bien que sa provision étant épuisée, il ne pouvoit toucher aux trente-six sols qui devoient le faire figurer sur le pavé de Paris, il résolut d'aller aux portes des meilleures Auberges de la route, pour obtenir des Valets d'Ecurie la liberté de coucher sur le foin, & d'attraper, en se rendant utile, quelques morceaux de ce qu'ils auroient de trop.

En

Enfin, Emanuel parvint ſur le pavé de Paris, avec ſes trente-ſix ſols en poche, mais extrêmement fatigué de la route; car en faiſant faire aux rôtis de ſon Maître la plus parfaite figure de la Géométrie, il ne ſe fatiguoit pas; au lieu qu'en parcourant ſur ſes pattes la ligne parallele qui conduit à Paris, il avoit beaucoup ſouffert, parce qu'il ſuoit des pieds, & qu'il n'avoit point de chauſſons; mais comme un eſprit inventif n'eſt jamais ſans reſſource, il y ſuppléa par le morceau de torchon qui lui avoit ſervi de garde-manger, qui ne put néanmoins empêcher qu'il n'eût les pieds écorchés lorſqu'il arriva à Paris à ſon premier gîte, au pied d'un arbre du Boulevard.

Cette grande Ville eſt le ſéjour de l'aiſance, de l'opulence & de la richeſſe; on en eſt ſans ceſſe environné, & ſi on n'en jouit pas, on en a la vue, ce qui occupe, ſi on ne s'en amuſe pas : d'ailleurs il me ſemble qu'on ait moins de beſoins, quand on a l'eſpérance de trouver des moyens de les ſatisfaire un jour. Paris eſt la ſource de la fortune des gens peu aiſés, comme il eſt ſouvent le tombeau de celle des opulens. M.... qui a laiſſé en mourant 60 millions à ſon fils, n'avoit pour tout bien que des ſabots quand il vint à Paris; mais un jeune homme qui y vient dans l'intention d'y faire fortune, doit d'abord s'attacher à faire de bonnes connoiſſances. S'il ſe lie avec le porte-ſellette d'une rue peu paſſante, il reſte dans la miſere, au lieu que s'il peut avoir la protection & l'inſtruction de celui d'un grand Hôtel, ſa fortune eſt faite. Il eſt d'abord, mais autrement que le Pape, Serviteur des Serviteurs; & s'il peut acquérir la confiance du premier Marmiton, bientôt on le connoît dans la cuiſine; il ſe rend officieux auprès de Meſſieurs les Laquais qui lui donnent l'entrée de l'anti-chambre; il fait leurs commiſſions, va porter leur linge à la Blanchiſſeuſe; il ſe met au fait des jolies filles du quartier: inſenſiblement il eſt connu du Maître & de la Maîtreſſe de la maiſon, qui, le regardant comme un Domeſtique de ſurrérogation, peut un jour leur devenir utile. Il devient quelquefois Poſtillon, Valet-de-pied, mais il faut pour ces grades avoir une certaine propenſion à l'impudence, être grand & bien fait, car une grande partie des plus beaux hommes de la France, ont l'honneur d'exercer la oiſive, inſolente & gourmande profeſſion de Laquais.

Emanuel un peu remis de ſa fatigue eut faim; il fut acheter un pain chapelé qu'il revint dévorer au pied de ſon arbre & qu'il trouva bon. Après s'être informé combien un Marchand à la chaude vendoit le gobelet de ſa liqueur, il en but un & ſe trouva beaucoup mieux. Des Badaux & des Petits-maîtres, dont Paris abonde, s'attrouperent autour d'Emanuel, attirés par la singularité de sa figure. L'un lui demandoit : *Mr. est sans doute Provincial? On voit bien*, disoit l'autre, *que l'aissieu de sa voiture est cassé en chemin, & qu'il a été obligé de faire le reste du chemin à pied. Dites-nous, mon ami*, disoit celui-ci, *dans quelle Province de la France on fait de si beaux enfans? Nè vois-tu pas*, s'écrioit celui-là, *que c'est un bâtard de Province, car il n'est permis qu'aux enfans de l'amour d'être aussi beaux?* Emanuel qui les voyoit tout galonnés, quoique ce ne fussent que des faquins, les respectoit & n'osoit rien dire. Un d'eux lui jetta pourtant un sol marqué qu'il eut peine à trouver dans ses poches, & qu'Emanuel ne ramassa que quand il fut quitte de ces importuns.

Emanuel, au milieu de l'abondance de Paris, comme Tantale au milieu des eaux, voyoit approcher la nuit, sans savoir où aller coucher, lorsqu'un Compagnon Imprimeur passa devant lui, le considéra & fut touché de l'état de misere où il le vit. Les Typographes sont sans doute meilleurs que les Bibliographes, à en croire Gui-Patin : le Typographe l'emmena souper & coucher avec lui, & le lendemain le conduisit à l'Imprimerie, pour ramasser les caracteres que les Compositeurs laissent tomber en travaillant. Il vivoit de ce que les autres vouloient bien lui donner du reste de leurs portions; mais il étoit content, parce qu'il étoit dans une Profession scientifique, & l'on s'apperçut peu de tems après combien sa gloire en étoit gonflée.

Combien ne voit-on pas d'hommes dans le monde, qui, parce qu'ils ont une grande Bibliotheque, dont ils n'ont peut-être jamais lu un volume entier, vouloir qu'on croye qu'ils réunissent toutes les connoissances que renferment les Livres qui composent leur collection ? Semblables au Gascon qui, à force de dire qu'il est noble, se persuade lui-même qu'il l'est. Ils sont savans parce qu'ils sont accoutumés à le dire. Il y a tel Libraire, qui, pour avoir imprimé Voltaire, Buffon, Helvétius & d'Alembert, s'imagine qu'il a le coloris du premier, le sublime du style du second, la profondeur du génie du troisieme, & toute la Philosophie du dernier. Rien de plus commun que d'entendre dire à des Imprimeurs-Libraires : Mon Voltaire, mon Rousseau, mon Bourdaloue, mon Montesquieu, mon Flechier, &c. comme s'ils avoient d'autre droit sur les Ouvrages de ces grands hommes que celui que leur piraterie leur a acquis. De simples marmots Vendeurs de Livres ont la fatuité de décider du mérite d'un Ouvrage. Ils ont des titres de Livres depuis le premier étage de leur maison, jusqu'au rez-de-chaussée de leur boutique, & ſur cet étalage ſcientifique, ils oſent s'arroger des prétentions au ſavoir, quoiqu'ils n'achetent & ne vendent les Livres que comme les petits pâtés, ſans les ouvrir. Leur demandez-vous un Livre dont ils n'ont jamais eu que le titre, quoiqu'il ſoit ſur leur Catalogue, ils en ont vendu la veille le dernier exemplaire, mais ils en attendent. Il n'eſt donc pas étonnant que la manie du ſavoir, affecte quelquefois ceux qui par leur travail le font circuler, & qu'un Ouvrier de Caſſe ou de Preſſe ait la prétention de paſſer pour ſavant.

Dans l'Imprimerie où Emanuel étoit employé à balayer les ordures, à ramaſſer les caracteres, à compoſer les pâtés, & à faire chauffer la leſſive, pour laver les formes, il s'éleva un jour une diſpute ſur le pays où l'Imprimerie avoit pris naiſſance. Les uns diſoient que c'étoit à Strasbourg, les autres à Harlem, mais le plus grand nombre à Mayence, en 1440. Dans ce moment Emanuel qui, malgré le ton ſcientifique qu'il avoit déja acquis, marchant ſur ſes quatre pattes, ramaſſoit ſous les caſſes, les caracteres qui tombent quelquefois du compoſteur des ouvriers; malheureuſement pour lui il ſe trouva ſous les pieds d'un Compoſiteur Allemand, lorſqu'on avança que Mayence avoit été le berceau de l'Imprimerie. Non, dit Emanuel d'un ton affirmatif, on ſe trompe, c'est à Harlem, chez Thomas Costerus, qui en a été l'Inventeur. Le Teuton offensé de se voir contredit par un excrément d'Imprimerie, ( c'est ainsi que les Imprimeurs appellent les gens de la trempe dont étoit alors Emanuel ) lui assena, à poing fermé, un soufflet qui lui fit sortir de la bouche ses deux meilleurs chicots mâcheliers. Emanuel gueulant comme un âne & furieux comme un lion, sans quitter son attitude, s'élance sur les jambes de celui qui l'a frappé, les lui déchire avec ses griffes, & les lui mord à sang, brave les coups de poing, de pied, & ne veut pas lâcher prise. L'Allemand se roule & l'entraîne avec lui, tantôt l'un est dessus, tantôt dessous; & Emanuel auroit été indubitablement écrasé sous la masse de son adversaire, si, le prenant à la crinière & lui en arrachant une poignée, il ne l'eût obligé à lâcher prise. On applaudit beaucoup au courage que le brave Emanuel avoit fait voir dans cette occasion. Tous ses camarades le féliciterent de sa victoire, & le comparerent à César, à Alexandre, & allerent même jusqu'à lui prédire qu'il seroit un jour un héros, s'il vouloit embrasser le parti des armes. Ces louanges furent reçues par Emanuel avec une sorte de modestie mêlée d'orgueil, & accompagnée d'un sourire de protection qui dégénéra bientôt en une grimace affreuse. Emanuel auroit bien aimé la gloire de l'héroïsme militaire, mais il n'aimoit pas les dangers par lesquels il faut passer pour y parvenir. Il auroit mieux aimé recevoir cent coups de cuiller à pot à la cuisine, qu'un coup de mousquet à l'armée. Et lorsqu'on lui eut dit que son ennemi étoit un ancien Soldat des troupes de l'Impératrice Reine, très-habile à la pointe, Breteur de profession, qui ne manqueroit pas de lui proposer un cartel, il changea de couleur en s'appuyant le dos contre un marbre. Tous les Compagnons lui dirent qu'ils s'attendoient à lui voir accepter le parti; mais Emanuel réfléchissant que le sage se conserve avec soin, & que l'insensé s'engage à chaque moment pour des riens, trésaillit au mot de cartel, s'imaginant qu'il avoit déja dans le corps une partie de la lame de son adversaire. Quoique jeune, mais prudent, il prit son parti en homme qui pense qu'un jour de vie, sans gloire, vaut mieux qu'un siecle d'immortalité. En conséquence il fit sa malle, la mit dans sa poche, & part dans la résolution de retourner dans son pays natal. Il étoit si troublé qu'à chaque instant il se retournoit, croyant le Teuton à ses trousses, & qu'au lieu de prendre le chemin du Haynaut, il prit celui de la Champagne, bien résolu, que s'il voyoit accourir quelqu'un après lui, de courir encore plus vîte. Arrivé en très-peu de tems au milieu de la Capitale de cette derniere Province, son ame commença à se tranquilliser, car la crainte de se voir attaqué par l'Allemand l'avoit fait galopper toute la route, & même pendant la nuit, pour avoir sur lui de l'avance.

Emanuel à dix-huit postes de son agresseur, harassé, fatigué, érinté en arrivant à Reims, s'étend par terre tout de son long, rappelle ses forces & s'abandonne à ses pensées mélancholiques. „ Hélas, se dit-il à lui-„ même, M. le Chanoine B..... me l'a-„ voit bien prédit que les chiens hargneux „ ont toujours les oreilles déchirées. Que „ m'importoit que l'Imprimerie ait été in-„ ventée à Mayence ou à Constantinople? „ J'ai fait une sottise. Je m'en repens; je „ tâcherai d'être plus prudent pour l'ave-„ venir; mais avant tout cherchons du „ pain."

Emanuel essuie ses larmes avec le pan de son habit, entre dans la Capitale de la Champagne, & va s'annoncer comme Ouvrier Compositeur de Paris. On le reçut en cette qualité, sur sa parole, chez M. J..... Imprimeur du Roi; & lorsqu'on le vit à l'ouvrage, on fut fort surpris qu'il eût été assez effronté pour se donner pour Ouvrier; cependant, par commisération, les Compagnons l'aidoient à faire ses cinq pages *in*-12. par jour sur le St. Augustin, & les lui corrigeoient dans le compoſteur ſans que le Prote s'en apperçût.

Voyant que ſes talens typographiques le conduiroient tout au plus à gagner du pain, & que cet aliment ſeul, ſuivi d'un verre d'eau, dans un pays où le vin eſt ſi excellent, lui annonçoit un trop long & trop rigide carême pour lequel il avoit toujours eu beaucoup d'antipathie, il chercha à ſe procurer à Reims des ſecours qui lui avoient manqué à Paris. Il eut le bonheur de faire connoiſſance avec Mlle. D......., fille naturelle de M.... Blanchiſſeur de ſon métier, & de Marguerite..... Cette bonne & charitable perſonne eut des bontés pour lui. Née tendre & ſenſible, elle prit un vif intérêt au détail que lui fit Emanuel de ſes malheurs. C'eſt le partage des bons cœurs. Ils regardent l'infortune du prochain comme une lettre de recommandation, & ſe perſuadent que *res eſt ſacra miſer.* Leurs yeux ſont aveugles aux foibleſſes des autres, & leurs oreilles ſont ſourdes aux inſinuations des eſprits mal faits. Enfin Mlle. D...... crut tout ce qu'Emanuel voulut lui dire pour l'intéreſſer à ſes malheurs, elle en pleura : on dit qu'Emanuel en fit de même ; mais la choſe juſqu'ici eſt reſtée douteuſe. Il vit le bon cœur de Mlle. D....... & l'aima. Elle s'attendrit ſi fort au récit de ſes malheurs, qu'il en eut une reconnoiſſance qui dégénéra bientôt en amour; enfin ils s'aimerent, & s'en donnerent des preuves réciproques. On ne pouvoit pas dire que cet amour fût intéressé, Mlle. D....... n'avoit rien, & Emanuel encore moins. On diroit que les influences contraires aux malheureux forment entr'eux des liaisons, comme l'unique consolation que la rigueur de leur sort veut bien leur accorder :

*Solamen miseris, socios habuisse doloris.*

Au lieu que les influences favorables font germer dans l'esprit & dans le cœur des gens fortunés, des semences de division qui ne sauroient être arrachées que par leur chûte & leur disgrace. Mlle. D....... & Emanuel vivoient dans la plus parfaite union. Il ne se plaignoit pas de l'odeur de la lessive, il s'étoit familiarisé avec elle en la faisant chauffer à Paris. Comme il n'avoit pas de chemises à manchettes, Mlle. D....... lui en prêtoit une de ses pratiques tous les Samedis; aussi en étoit-il avec elle aux petits soins. Le desir de lui plaire formoit alors toute son ambition, & il ne négligea rien pour y réussir. Il marchoit sur la pointe des pieds, frisant le pavé, le chapeau bas. Toujours vêtu à la légere comme un papillon, ou pour mieux dire, comme ces Marquis, cadets de Gascogne, que le poids de leur accoûtrement n'empêche jamais de sauter ſans ſe mettre en ſueur. Une des paſſions favorites d'Emanuel fut toujours d'être bien chauſſé. Tant qu'il fut à Reims on le vit tantôt en bas blancs, tantôt en gris, un jour en verd, un autre en bleu, enfin en noir, en violet, en rouge. Les Compagnons ſes camarades étoient tout ſtupéfaits de cette variété & de cette bigarrure de chauſſûre, qui devoit coûter beaucoup plus qu'il ne gagnoit. Ils chercherent la cauſe de ce luxe, le guêterent & apprirent qu'une Blanchiſſeuſe y fourniſſoit, en lui prêtant les bas de ſes pratiques. Emanuel cultivoit toujours la bienveillance de ſa Maîtreſſe. Ils vivoient enſemble d'une façon très-intime. Quand il ſe trouvoit chez elle aux heures des repas, il attrapoit toujours quelque morceau de pain & de fromage. Il ſortoit, diſoit-il, de table, & ne laiſſoit pas de pâturer; mais la miſere, qui n'eſt pas un vice, au dire de l'Eſpagnol, n'eſt guere moins, & les engendre preſque tous. D'ailleurs, ſoit que la miſere augmentât la mauvaiſe humeur d'Emanuel, ou qu'il fût décidé qu'il ne vivroit jamais en paix avec qui que ce ſoit, il eut diſpute avec les Compagnons qui avoient ſi obligeamment tâché de cacher ſon ignorance; & le Sr. J...... Maître de l'Imprimerie, charmé de trouver une occaſion de s'en défaire, parce que, diſoit-il, il n'avoit jamais eu un ſi mauvais Ouvrier à ſon ſervice, le régala d'un soufflet & le mit à la porte, sans autre sauve-conduit.

Il n'étoit guere possible à Emanuel de trouver de l'ouvrage dans cette ville. Il y devoit d'ailleurs un chapeau, un demi-mois de pension, & quelques autres bagatelles pour lesquelles on lui retint quelques effets qu'il ne put retirer que deux ans après, quoique la somme n'allât qu'à 36 livres. Le souvenir des nouvelles aventures qu'il avoit à tenter, non pour faire fortune, mais pour gagner du pain, lui tirerent des larmes. Il en répandit en abondance, en pensant que sa Maîtresse n'étoit pas en état de le nourrir long-tems, & d'un autre côté, qu'il ne pourroit demeurer dans cette ville sans crainte. Si la cuisine de sa Maîtresse avoit valu celle du Chanoine B...... les choses auroient continué sur le même ton qu'au commencement; mais quelques créanciers ne voyant point d'argent, & craignant un trou dans la lune, le sollicitoient vivement, & de façon à lui faire appréhender d'être mis à l'ombre, ce qui ralentit étrangement son amour, & lui fit prendre le parti de s'évader *insalutato hospite*. Il laissa pourtant une partie de ses meubles, deux chemises, trois chaussons qu'il s'étoit fait faire à Paris, un gilet, un bonnet de nuit, une cravate noire, un bonnet de papier d'Imprimeur & cinq savattes.

On ne put pas dire néanmoins qu'il y eût

la moindre fraude dans ſa faillite, car il partit ſans emporter de Reims d'autre choſe que la douleur de ne pouvoir payer ſes créanciers, & d'abandonner ſa Maîtreſſe. Sans ſavoir où il va, il traverſe la Champagne & ſe rend ſur les bords de la Meuſe, ayant vécu ſûr toute la route comme vivent les Margandiers, en demandant, votre chien ne mord-t-il pas? Il ſe mit ſur un bateau chargé d'ardoiſes qui deſcendoit à Liege. Pour dédommager le Batelier du fret de ſa perſonne, il ouvrit avec lui une converſation, raiſonna Voyage, Politique, Marine, & cita quelques Savans de Paris dont il avoit vu les noms dans ſon ancienne Boutique. Au ſeul nom de Paris, le Batelier, qui étoit mieux éduqué & plus inſtruit que ne le ſont ordinairement les gens de cette profeſſion, lui dit : *Vous connoiſſez donc Paris, Monſieur? Oh parfaitement bien*, dit-il : *j'y habite depuis ma plus tendre jeuneſſe. J'y ai fait toutes mes études, & graces à Dieu j'y ai remporté quelque gloire.* Il lui fit tout de ſuite le détail du Pont-Neuf, de la Samaritaine, des Guinguettes, du Porcheron, de la Courtille, de la Nouvelle-France, de Biceſtre, de la Salpêtriere, &c. en homme familiariſé avec ces endroits. *Mais*, lui dit le Batelier, *quand on a étudié à Paris, quand on y a remporté quelque gloire, voyage t-on à pied avec des ſouliers déchirés & ſans va-*

*lise? Sans doute que M. à des agasses (des cors) & que son monde suit avec ses équipages. J'ai embarqué ma valise*, dit Emanuel, *sur la Seine, pour éviter les frais de transport, & je la trouverai à mon arrivée à Mons en Haynaut, où j'ai dessein de me rendre. Par où diable faites vous donc passer la Seine?* repliqua le Batelier. *Vous autres gens de Province*, continua Emanuel, *êtes si bouchés, si lourds, que vous n'avez pas la moindre teinture de Géographie. Tenez la Seine passe à Paris; puis elle enfile la Picardie; delà elle fait un tour dans l'Artois, où elle se promene de long en large, visite Cambray, monte en Haynaut, & va se coucher à Valencienne avec l'Escaut. Que le diable emporte ce Fanfaron*, s'écria le Batelier, *il est aussi bête qu'il est laid; si tous ceux qui ont étudié à Paris & qui y ont remporté quelque gloire*, ajouta-t-il, *raisonnent aussi savamment que vous, je me garderai bien d'y envoyer mon fils Jacques.* Et Emanuel voulant repliquer, il lui dit : *tais-toi, menteur, mange du foin & garde le silence*; car il est bon d'observer que le Batelier Gros-Jean avoit fait sa troisieme école chez les Savans Augustins de Bouvignes.

Emanuel garda le silence jusqu'à Liege, où il remercia Gros-Jean qui lui dit : *Il ne faut rien pour cela, M. l'Etudiant de Paris; si l'effronterie, l'ignorance & les mensonges valent quelque chose, vous avez bien payé la voiture : adieu, bon soir, bonne fortune, mon bateau est enfin délivré du pesant fardeau d'un bavard & d'un sot; portez-vous bien, mon bon ami, je suis sûr que vous n'oubliez rien dans mon bateau.*

On ne pouvoit pourtant pas trouver mauvais qu'Emanuel cherchât à amuser son Conducteur pour les frais de sa voiture; il entre même dans cette démarche une sorte de générosité; ne pouvant payer en argent, il cherchoit à le faire en paroles. D'ailleurs on ne se fait pas soi même. Empressé de satisfaire, il ne se donnoit pas la peine de digérer ses pensées, encore moins ses expressions. Il avoit le louable desir d'être Savant. Il disoit tout ce qu'il croyoit, tout ce qu'il souhaitoit, tout ce qu'il savoit, & pour fournir à la volubilité de sa langue, il parloit même de ce qu'il ignoroit. Il n'avoit jamais lu ces vers :

Tout homme qui parle tant,
Et cherche en vain l'art de plaire,
Seroit plus divertissant
S'il avoit l'art de se taire.

Emanuel n'ayant d'autres ressources à Liege que ses talents typographiques, fit la ronde des Imprimeurs chez lesquels il s'annonça pour un second *Laurentius Costerus*, pour un Robert-Etienne, un Elzevir, un Plantin, un Vascosan. Il dit qu'il arrive de

Paris où on vouloit le retenir, mais que l'air de cette grande Ville étoit contraire à sa santé; qu'il a travaillé pour le Parlement, pour le Châtelet, la Cour des Aydes, les Invalides, &c. M. B......... qui aime les bons Ouvriers, le reçut chez lui & le mit à la Presse; mais il fut bien surpris de voir que ce prétendu Virtuoso ne connoissoit de son Art que les Vaches, la Languette, la Matrice, les Clavettes, l'Ecrou, le Chevalet, les Cordes, les Potences, le Bareau, & qu'il ne savoit pas monter un Tympan, ni les Balles, que les François appellent Molettes. Indigné de ses vantises, il l'auroit indubitablement mis à la porte, mais, par compassion pour sa misere, il l'employa dans son magasin comme Emballeur. C'étoit là ce qui lui convenoit, & bien des gens prétendent qu'ayant la fonction de hacher la paille pour les ballots, on ne lui défendit pas d'en manger.

Les uns trouvent mauvais qu'il se soit vanté; d'autres disent qu'il auroit mieux fait de s'annoncer pour ce qu'il étoit; mais ils ne réfléchissent pas qu'en disant : je suis un ignorant, personne n'en auroit voulu, ayant le malheur sur-tout d'avoir une physionomie qui ne parloit pas en sa faveur. Il faudroit s'être trouvé en pareilles circonstances pour pouvoir bien juger des raisons qui engageoient le pauvre ignorant Emanuel à s'annoncer comme savant.

M. B...... qui eſt un honnête homme, & qui n'aime pas à être dupe, diſoit quelquefois à Emanuel, qui s'engraiſſoit à ſon ſervice : vous m'avez voulu emballer, mon ami ; vous m'avez pris pour un Badaut de Province ; mais chez moi, j'aime mieux qu'on avoue ſon ignorance, que d'affecter un ſavoir qu'on n'a pas. Ces diſcours mortifioient Emanuel entre cuir & chair, mais il n'oſoit le témoigner, il viſoit, ſans le dire, à un autre emplacement.

De Liege, Emanuel paſſa à Bruxelles dans un magaſin de Libraire, où il pouvoit ſe perfectionner dans la Librairie, parce que l'épouſe de ce Libraire étoit très-entendue dans ce Commerce, & qu'elle avoit une grande correſpondance. Il y fit d'abord les fonctions de Garçon Magaſinier. Après s'être un peu accrédité par ſon patelinage, ſon reſpect & ſa ſoumiſſion, on le chargea de courir les Foires ; & pour le récompenſer de ſes ſervices, de ſon zele & de ſa fidélité, on lui confia pour ſon compte quelques Brochures. Par reconnoiſſance, il fit tout ce qu'il put pour gagner les Pratiques de celui qui l'avoit établi. Ce fut alors qu'il déploya ſes talens ; il vendit à 10, à 20, à 30, à 40, à 100 pour 100 de bénéfice, louant de tems à autre, mais en ſecret, la compaſſion du Typographe qui l'avoit introduit dans une profeſſion ſi lucrative, & ne ſe ſouvenant preſque plus du bon Chanoine B..... où il n'avoit appris qu'une mauvaiſe ſouſtraction qui ne pouvoit entrer en aucune comparaiſon avec la multiplication qu'il poſſédoit, en qualité d'Eleve Bibliographique. Enfin, comme les Francs-Maçons de nos jours, il fut Apprentif, Compagnon & Maître en fort peu de tems.

Aſpirant à l'honneur d'augmenter l'integre & honnête Corps des Libraires, il penſa à s'aſſocier une Compagne, mais différente de celle de Reims, qui ne pouvoit lui prêter que des chemiſes à manchettes & des bas. Bref, mieux nourri, mieux habillé, plus pécunieux, il devint amoureux. Les plus grands Héros ont été attachés au char de l'Amour, & le Dieu Mars s'eſt vu lui-même ſoumis à ſon empire. L'Amour fut la cauſe de la ruine de Troye; il déſarma Hercule, il n'a d'égards pour perſonne. On obſerve même, *dit le Comte d'Oxenſtirn*, que c'eſt une mauvaiſe marque quand un jeune homme eſt exempt de cette paſſion; car ou cela indique une extrême ſtupidité, ou cela marque une entiere férocité. Emanuel lorgnoit depuis quelque tems une fille honnête, digne certainement d'un ſort heureux. Ses courtoiſies, ſes courbettes, ſes friſemens de pavé la rendirent ſenſible, & l'on ſait que l'amour eſt aveugle, qu'il embellit les plus hideux objets. Emanuel n'étoit pas beau, ce n'étoit pas sa faute, mais il étoit vif, sémillant & plein de feu. Son accommodeur d'ailleurs entendoit son métier, il réparoit de la physionomie tout ce qui étoit réparable; & l'on sait que quand un homme est un peu plus beau qu'un loup, il est passable. Le mariage se fit selon les formes usitées dans l'Eglise Catholique, Apostolique & Romaine; & dès le jour des nôces, la nouvelle Epouse, pour donner des preuves de son amour & de sa confiance à son conjoint, lui remit ses épargnes, le fruit de ses services, de sa fidélité & de son honnêteté.

Emanuel qui n'avoit jamais vu une pareille somme que de loin, & sans avoir droit d'y toucher, se crut plus riche qu'un Financier. Il se donna des tons, il devint superbe, arrogant; mais il est si ordinaire de voir des hommes parvenus à une petite fortune changer d'avis, d'humeur, de vues & d'inclination, que cela ne doit pas surprendre. C'est une folie de s'oublier soi-même; c'est une bassesse de négliger d'anciens amis; c'est faire connoître à l'Univers que sa personne ne vaut pas sa fortune, mais c'est le goût du siecle, & le Libraire Emanuel aimoit beaucoup les tons; il avoit toujours eu une inclination particuliere pour la Petite-Maîtrise. Il auroit pu dire comme un Officier qui avoit reçu une carte de visite d'un Grand-Maître des Eaux & Forêts, avec cette qualité *Grand-Maître*, & qui lui en porta une le lendemain, où, après son nom, il mit Petit-Maître. D'ailleurs, qu'on nous dise si celui qui a cent francs en poche, n'est pas plus fier que celui qui n'a rien, sur-tout lorsqu'il a tâté du ton de Paris.

La femme d'Emanuel étoit une Fille-de-chambre, qui, au dessus de quelques petites épargnes, avoit hérité de la garde-robe de sa Maîtresse. Des plus belles chemises de cette succession, elle en fit à son mari, qui en avoit un grand besoin, car il n'en avoit que trois & deux paires de bouts de manche à manchettes unies. Des tours de cols des chemises qu'on employa pour son usage, on lui en fit de belles manchettes à évanilles, un peu étroites à la vérité, mais d'autant plus longues, suivant la mode de ce tems-là. Ayant la peau fort huileuse, sa femme avoit soin de les lui faire ôter tous les soirs pour aller coucher. D'une robe qui n'étoit pas de défaite, on lui en fit une, qu'il ne quittoit qu'avec peine, tant il étoit aise qu'on le vît dans un accoûtrement qui annonçoit quelqu'aisance. Ils n'avoient néanmoins qu'une chambre à loyer, où ils tinrent ménage pendant un an; & Emanuel, n'étant pas encore Libraire, il couroit les Foires en Colporteur; & lorsque ses Confreres le voyoient en robe-de-chambre, se donnant des tons, & croisant les bras, jusques ſous le menton, ils croyoient qu'il avoit trouvé un tréſor, ou, comme on dit, volé un Coche. Il ſe ſervoit auſſi des bas de ſoie de l'héritage de ſa femme ; mais comme ils étoient trop courts pour lier ſur le genou, on les allongea pour y faire tenir la jarretiere, & la culotte cachoit l'ajoute.

Les Flamands, Confreres d'Emanuel, gens peu accoutumés aux airs qu'il ſe donnoit, bavardoient contre lui. Ils diſoient qu'il jouoit le rôle de Gueux revêtu. Il s'en vengeoit en les mépriſant ; & comme l'envie, la jalouſie de métier ſe mettant de la partie, aiguiſoient le tempérament bilieux d'Emanuel, & que les Flamands ne ſont pas des plus ſouffrans, dès la premiere année de ſon mariage, il faillit de laiſſer une veuve de plus ſur la terre. Une de ces cataſtrophes lui arriva à Malines, & nous ne la rapportons que pour l'en plaindre, quoiqu'on ait dit qu'il l'avoit bien méritée ; mais il n'eſt pas permis de ſe faire juſtice à ſoi-même.

Une perſonne contre laquelle il avoit tenu des propos peu obligeans, le rencontrant dans cette Ville, après quelques pourparlers fort vifs, le jetta ſur un poële ardent où il auroit infailliblement rôti, ſi les gens de la maiſon ne ſe fuſſent pas empreſſés à le retirer. Se trouvant une autre fois à table à Louvain, avec des Confreres portes-balles, il en inſulta un, qui, fort comme

Hercule, le prend à braſſe-corps, & d'une ſecouſſe lui fit franchir tous les eſcaliers; & l'on jugera de ſa ſtoïcité & de ſon bon cœur, par ce qu'il dit après s'être ramaſſé : *Bon, bon, cela eſt égal, auſſi-bien avois-je envie de deſcendre?* Le camarade brutal voulut courir après lui, mais on le retint, & après quelques grimaces qui ne lui coûterent guere, Emanuel décampa en ſe frottant les reins.

Ce n'étoit point aſſez pour Emanuel d'être Marchand-Libraire, il voulut encore jouir, comme les autres, de la qualité d'Imprimeur. Pour engager le Conſeil à la lui accorder, il dit dans ſa Requête que l'on verra ſortir de ſes Preſſes des chefs-d'œuvres de Typographie, que ſes Editions ſeront beaucoup plus ſoignées que celles de ſes Confreres, & qu'il vouloit rétablir l'honneur de l'Imprimerie, autrefois ſi floriſſante dans les Pays-Bas, & faire revivre non les Eugene Henri Frix, les Strickwant & les Foppens, mais les Plantin & les Moret. Juſqu'ici cette promeſſe n'a été que la montagne en travail, qui n'eſt accouchée que d'une ſouris, parce qu'Emanuel n'a pas encore pu trouver une maiſon aſſez vaſte pour y placer ſes Magaſins & ſes Preſſes; mais d'autres gens, bien intentionnés ſans doute, prétendent que c'eſt par prudence qu'Emanuel n'a pas encore monté d'Imprimerie, parce que n'ayant jamais gagné par ſemaine que trente-cinq ſols à cette Profeſſion, il ſait dans le fond de ſon ame qu'il n'eſt pas en état de s'en bien acquitter, & pour ne pas paſſer pour menteur; en quoi on trouve qu'il n'a pas tort. Ses vantiſes lui donnent toujours une ſorte de réputation chez ceux qui ne s'y connoiſſent pas, & leur nombre eſt bien plus grand que celui des autres.

En attendant qu'Emanuel ait trouvé une maiſon convenable ou un Prote des talens duquel il puiſſe ſe faire honneur, il s'en tient à la Librairie, & ſa fortune & ſa réputation vont en augmentant. Il gagné beaucoup ſur de petites Brochures qui viennent pardeſſous terre, qui ne ſont jamais chez lui, & pour leſquelles la Police, toujours de mauvaiſe humeur contre les honnêtes gens, a été à la veille de lui donner du pain pour le reſte de ſes jours. Si l'un ne les vend pas, l'autre les vend, les curieux cherchent à ſe ſatisfaire, & ce qu'il y a de certain, c'eſt que la vente de ces petits Ouvrages portatifs le mit en état de faire le voyage de Paris; où il alla s'établir des correſpondances & chercher de quoi monter ſa Boutique, & de s'aſſortir, ſur-tout en Livres qui coûtent peu étant tirés de certaine ſource.

Avant d'y arriver pour la ſeconde fois, il y étoit très-connu. Pluſieurs de ſes Confreres crurent qu'il les avoit deſſervis par ſes propos, & l'on croit toujours plutôt le mal que le bien. Ils l'attendoient avec impatience pour lui donner une correction fraternelle. Emanuel, pour le bien de ſon Commerce, avoit écrit à un de ſes Correſpondans qu'un de ſes Confreres Libraires n'étoit pas trop ſolide, & ce fut juſtement celui-là, que l'indiſcret Correſpondant avoit inſtruit du fait, qu'il rencontra le premier. *Ah! te voilà maraud*, lui dit-il, en lui déchargeant une volée de coups de canne ſur les épaules. *Au voleur, à l'aſſaſſin*, s'écria Emanuel, *j'en aurai ſatisfaction.* Le Correcteur, content de ſon opération, ſe ſauve, diſparoît & va rendre le lendemain matin une viſite de bonne amitié à Emanuel. *Vous demandez ſatisfaction*, lui dit-il, *je viens vous l'offrir.* Auſſi-tôt il tire ſon épée & en préſente une autre au bâtonné qui, à demi-mort, tremble, friſſonne, & n'a la force que de dire d'un ton humble & ſoumis : *Hélas! Monſieur, je vous demande pardon, je ne ſuis pas homme d'épée. Qui es-tu donc*, dit le Breteur. *Eh bien*, répond Emanuel, *je ſuis homme..... homme de garde-robe. Fus-tu Lucifer?* dit l'autre, *tu es un inſolent, un impoſteur, un coquin. Si tu veux que je te pardonne, donne-moi un* récépiſſé, *rends-moi réparation d'honneur ou je t'enfonce mon épée juſqu'à la garde.*

On peut juger de la crainte, de l'embarras & de l'angoiſſe où ſe trouva alors Emanuel.

nuel. Il se fit un tel relâchement dans toutes les parties de son corps que l'odorat de son agresseur en fut offensé. Il auroit peut-être pris l'épée qu'il lui offroit, mais ce pouvoit être une mauvaise lame, & l'on ne meurt malheureusement qu'une fois. Il prit la plume & du papier d'une main tremblante, & écrivit : „ J'ai reçu de M..... valeur comptant „ jusqu'à ce jour, 50 coups de bâton, que „ je reconnois avoir mérités par les mau„ vais propos que j'ai tenus. J'en demande „ pardon à Dieu, à la justice & à mon pro„ chain. Amen. „ *Regis ad exemplum :* c'est se faire payer à la Prussienne ; mais Emanuel ne pouvoit guere échapper qu'en se jettant par la fenêtre, & il est trop Chrétien pour mourir en péché mortel.

Comme on oublie tout avec le tems, quelques jours après cette scene, Emanuel n'y pensa plus ; mais une autre non moins vive & plus scandaleuse devoit lui arriver. Il se trouva dans un Café à prendre une bavaroise auprès du Pont St. Michel, lorsqu'un certain homme y entra. En l'apperçevant il court à lui, en disant. : *Oh, pour le coup je te tiens! Sardanapale de menteur :* Et sans parler davantage, il lui allonge un coup de pied à l'os *sacrum* qui lui répondit au boyau *duodenum* ; de maniere que sur le champ il rendit la bavaroise qu'il venoit de prendre. Effrayé à la vue d'un ennemi si redoutable

& si furieux, il veut prudemment se sauver, mais le Garçon du Café l'arrête pour avoir le payement de la bavaroise qu'on l'avoit si brutalement obligé de rendre, la lui fait payer en présence de son adversaire, qui tandis qu'il prend la fuite à toutes jambes, raconte aux gens, qui s'étoient assemblés au bruit, ce qui avoit donné matiere à la querelle. Si le récit qu'il en fit est vrai, comme on n'en peut guere douter, quand on connoît la légéreté de la langue d'Emanuel, il méritoit de n'être pas ménagé. C'est un malheureux penchant que celui qui nous porte à la calomnie & à la médisance. Il ne s'y étoit livré pourtant qu'en vue de son avantage particulier ; & l'on sait que charité bien ordonnée, commence par soi-même. Il croyoit qu'en méprisant tout le monde, il seroit le seul estimable. Emanuel, qui n'avoit peut-être jamais lu le Nouveau-Testament, quoiqu'il l'eût plusieurs fois vendu, ne laissa pas que de suivre le conseil que Jesus-Christ y donne à ses Apôtres, de quitter les endroits où ils seroient persécutés, pour se retirer dans un autre : l'air de Paris, la causticité de ses ennemis, la conservation de ses jambes & de ses épaules, & le déclin de ses finances lui firent prendre le parti de quitter cette Ville pour retourner chez lui. Sans balancer plus long-tems, il part pour aller retenir une place à la Diligence de

Bruxelles ; mais comme il manquoit d'argent, il s'accommoda avec le Cocher pour le laisser placer sur l'impériale, avec la clause de l'aller attendre à la Villette. Le lendemain à quatre heures il se trouva au rendez-vous, pour profiter d'une place si commodieuse ; mais hélas ! dit Rousseau dans quelqu'une de ses épigrammes, on n'est pas dans ce monde pour avoir toutes ses aises. Emanuel étoit mal, mais il n'usoit pas ses souliers ; mais il arrivoit aussi vîte que ceux qui payoient plus cher ; mais il n'étoit pas suffoqué de la chaleur, & se purgeoit par la raréfaction de l'air du pestilenciel dont il avoit éprouvé les effets à Paris. Il arrive à Lille, & fut voir un Imprimeur & Libraire. Il y dîne ; car, quoique tous les Libraires se détestent & se déchirent, ils ne laissent pas que de se caresser : vendant Machiavel, il est bien juste qu'ils profitent de ses leçons. On lui demande, pendant le répas, s'il y avoit beaucoup de monde dans la Diligence. *Oh, M.* répond-il, *un monde à y étouffer. J'étois si serré, si coudoyé, si mal à mon aise, que j'en ai sué à grosses gouttes. Et ce désagrément étoit encore augmenté par celui de la mauvaise compagnie.*

Tandis qu'il étoit occupé à faire le détail arrangé de son voyage, le Cocher de la Diligence, qui avoit une commission pour le Libraire, entra. Appercevant Emanuel à table, il s'approche de lui, lui frappe sur l'épaule & lui dit d'un air de connoissance & badin : *Eh bien, camarade, comment t'es-tu trouvé sur l'impériale, durant cette pluie & cet orage que nous avons essuyé? Tu aurois dû descendre & te mettre à l'abri de la voiture, en marchant de l'autre côté que le vent souffloit.* Emanuel, qui avoit à peine commencé à gasconner, embarrassé, confondu, rougit, pâlit, sua de détresse, & répondit, en se torchant la barbe de sa serviette : *Bien, bien, bien*; ce qui fut interrompu par les éclats de rire de tous ceux qui se trouvoient dans la maison.

Emanuel, pour ne pas paroître harassé de la route dans un pays de connoissance, vint à pied jusqu'au commencement du Fauxbourg d'Anderlek, pour paroître se délasser de la contrainte que l'on souffre dans les voitures publiques. Il en étoit néanmoins si fatigué, qu'il ne put sortir le lendemain de son arrivée pour aller au Café de la M..... raconter aux oisifs ses prouesses & les nouvelles de Paris : il n'y fut que le lendemain. Là occupant sa place ordinaire, il fut environné par tous les curieux. *Avez vous fait un bon voyage*, lui dit-on? *Pour l'agrément & les caresses que j'ai reçues à Paris, oui*, répondit-il; *mais pour les affaires de mon commerce qui m'y ont conduit, fort peu de chose. Il y a une trentaine de mille livres à gagner, sur les parties que j'ai acquises. Diable*, dit l'un, *trente mille livres, & vous regardez cela pour peu de chose; vos Confreres ne raisonnent pas comme vous. Mes Confreres! mes Confreres!* repliqua-t-il, *mes Confreres n'ont pas la confiance & les commissions des grands Seigneurs comme moi. Mes Confreres n'ont ni mes connoissances ni mes talents; ils ne connoissent pas comme moi, tous les Livres possibles; tous les Auteurs ne leur font pas comme à moi, l'honneur de les consulter, quand ils veulent faire imprimer leurs ouvrages. Mes Confreres sont des ignorans, des coquins, des envieux, des jaloux, Gens sans honneur, sans fortune, sans crédit; demandez-leur un Livre un peu rare, ils demeurent la bouche béante sans vous répondre. Au lieu que chez moi, on trouve jusqu'à l'impossible. La plupart d'entr-eux n'ont pas voyagé; or que sauroient ils? Car on doit comparer le monde & ses connoissances à un grand Livre, dans lequel celui qui n'a vu que son pays natal, n'a lu qu'une Feuille. Ce sont des sots, & jusqu'au drôle qui demeure sous une tour, & qui se donne les tons de porter l'épée.* Comme il entra dans ce moment quelques Confreres au Café, Emanuel se tut, & on lui proposa une partie de Billard qu'il accepta; c'est sa récréation coutumiere, & sa partie est ordinairement d'un petit, d'un gros écu, & souvent d'un louis, ce qui fait peu de chose pour un homme qui gagne 30000 liv. dans un petit voyage, sans compter le reste.

Mais ce qui prouve la vanité des vantises d'Emanuel, c'est qu'il coure toutes les Foires des Pays-Bas; ce qu'il ne feroit pas, s'il avoit seulement gagné la dixme de 30000 liv. On dira peut-être qu'il n'y va que pour avoir le plaisir de s'y mirer; car on a observé qu'il n'y place jamais sa boutique que vis-à-vis celles des Marchands de miroirs; & que depuis le matin jusqu'au soir, il s'y admire avec cette complaisance qui semble dire aux passans: „ Mais voyez donc s'il fut jamais „ figure plus accomplie que la mienne, & „ si ce qui me manque pour être absolu„ ment beau, n'est pas précisément ce qui „ me rend des plus jolis." D'autres disent qu'il y va pour jouer, & qu'après s'être miré, admiré, panadé, fait mille grimaces & mille contorsions, qu'en dépit des miroirs qui les lui rendent, il appelle des graces, il se rend tous les soirs dans les endroits où l'on joue, au risque d'y perdre son petit St. Crespin.

Un petit jeu pour s'amuser, est une grande ressource dans le commerce du monde, mais quand on réfléchit à tous les malheurs qu'il attire, on voit que le plaisir qu'il procure, ne compense pas le mal qui souvent en résulte. Dans la partie de Billard, qu'Emanuel venoit d'accepter, il s'éleva une dispute, où il lâcha des propos insolens à son adversaire; & comme on n'est pas toujours maître de sa colere, il les répéta si souvent que cet adversaire fut obligé de lui imposer silence à coups de queue. Il voulut se venger, mais on lui fit descendre les escaliers sans les salir, & comme s'il n'eût jamais dû en descendre comme les autres. Il se ramassa tout fumant de colere & de rage, & retourna chez lui, jurant de désespoir, & protestant qu'il auroit son tour; mais comme il a réfléchi depuis, & qu'il est bon Chrétien, il a pris le parti du pardon des offenses.

Après de pareilles scenes & des emportemens si violens, la santé en doit être altérée; aussi la tendre & vertueuse épouse d'Emmanuel, le mit-elle pour toute nourriture, à l'eau vulnéraire, On le saigne, on le purge, sa bile se met en mouvement, & il l'exhale sur sa maison, sur ses Livres, sur ses Pratiques, sur ses Créanciers, sur ses Confreres & sur les infernales Lettres-de-change, payables à vue, ou à huit jours de date, car le terme en est toujours trop près.

Faire des représentations à un homme en délire, c'est jetter de l'huile sur le feu pour l'éteindre; il faut attendre le calme de l'esprit pour employer ce remede. L'Epouse sage & sensée d'Emanuel, attendit donc son rétablissement pour lui faire une honnête & douce mercuriale. „ Or, écoutez, lui dit-

„ elle : si vous continuez sur ce pied, vous
„ vous ferez rompre le cou.... Que ne res-
„ tez-vous à votre Boutique.... Etes-vous
„ fait pour vous donner les airs de jouer
„ gros jeu ?... Faites vos affaires, & n'al-
„ lez plus au Café, car votre langue vous y
„ fera périr..... Il est impossible qu'un
„ Marchand qui ne vit que de son commer-
„ ce, fréquente les Maisons publiques, sans
„ l'altérer, & joue sans déranger ses affai-
„ res... On m'a toujours dit, ajouta-t-elle,
„ en parlant du jeu,

Le desir de gagner, qui nuit & jour occupe,
Est un dangereux aiguillon.
Souvent quoique l'esprit, quoique le cœur soit bon,
On commence par être dupe,
On finit par être fripon.

„ Vous avez consumé la farine, il ne vous
„ reste plus que le son ; vous avez mangé les
„ deux mille florins que je vous ai apporté
„ pour dot, & si vous continuez, nous
„ serons bientôt réduits à la mendicité.

Emanuel touché des raisons de sa femme, & affoibli par le régime, lui dit : „ Je
„ te demande pardon, tu es la meilleure des
„ femmes possibles, car il a lu *Candide*. Mais
„ Mr. le Duc, Mr. le Comte, Mr. le Mar-
„ quis, Mr. le Baron, le Conseiller, l'Avo-
„ cat, me doivent quatre mille florins, &
„ je ne puis en tirer un liard. Allons, que

„ la servante vienne m'habiller, je vais chez „ eux, & ils me payeront les gueux qu'ils „ sont, ou le diable les emportera. " Il dit & part comme un éclair. Il arrive comme un Dragon à la porte d'un Seigneur, avec sa belle veste de tissu. Il sonne à la porte comme on sonne au feu. Le Suisse croit qu'on vient inviter son Maître à dîner, de la part du Prince, ou du Ministre. Il accourt, il ouvre. „ Qu'y a-t-il donc, pour sonner si „ fort dit-il, à Emanuel, qu'il connoît? „ Monseigneur y est-il, demande le Libraire „ tout essoufflé? Non, repliqua le Suisse. „ Comment, ajoute Emanuel, il y est, j'en „ suis sûr, allez m'annoncer, il me faut de „ l'argent, j'ai une Lettre-de-change à payer, „ qui va être protestée. De l'argent, de „ l'argent. Mais Monseigneur n'y est pas, „ dit le Suisse. Qu'importe, de l'argent, de „ l'argent, je suis perdu, je suis déshonoré, „ vous êtes un menteur, votre Maître est „ chez lui, vous me le sellez. Si je le sellois, „ ce ne seroit pas pour être monté par un „ animal comme toi, reprit le Suisse, qui s'impatientoit, & qui le prit par le bras, le mit à la porte & la lui ferma au nez.

Emanuel, plus plein de colere que jamais, revint chez lui où il jura tout à son aise. Oui, „ dit-il, tous ces Grands nous amusent, nous „ trompent, & ne payent jamais. Allez-vous „ leur porter les emplettes qu'ils ont fait à

„ crédit, ils ſont toujours au logis. Allez-
„ vous ſix mois, un an après, leur en deman-
„ der le montant, ils n'y ſont jamais. Que
„ le diable caſſe le cou au Duc, qu'il écraſe
„ le Comte & le Marquis, & qu'il emporte
„ le Baron. J'ai plus de cœur, plus de ſen-
„ timens, plus de nobleſſe dans l'ame, que
„ n'en a Mr.... avec ſes 45 degrés de
„ générations, tant paternelles, que mater-
„ nelles. Ah! grand Dieu, que vous avez
„ mal diſtribué les biens de ce bas monde!
„ Que ne ſuis-je au faîte de l'opulence,
„ c'eſt moi qui auroit des ſentimens. Mais
„ Emanuel, lui dit ſa femme, que ſignifie
„ tout ce bavardage; vos inſolences, vos
„ impertinences ne vous rapporteront pas
„ cinq ſols. Reſpectez tout le monde, vous
„ avez beſoin du plus petit. Soyez doux,
„ honnête, affable. Faites-vous aimer & on
„ vous aimera. Tu as raiſon femme, lui
„ dit-il; oh, je t'adore! Mais à propos,
„ voici la Foire de Gand qui approche, ſi
„ j'y allois. Vous feriez fort bien, lui re-
„ pliqua ſa femme; & dans le moment il
„ ſe met à crier de toutes ſes forces: Allons,
„ allons, Trécourt, Gobe-mouche; allerte,
„ allerte, vîte, des caiſſes, de la paille,
„ du foin, des cordes & des Livres. Qu'on
„ les emballe bien. Ayez ſoin des Brochu-
„ res." Puis tout-à-coup il change de ton.
„ Vous êtes des animaux, des mal-adroits,

„ des singes manqués. Vous cassez tous les „ cartons des livres, la dorure sur tranche „ est au diable. Mes plus beaux Ouvrages „ sont écornés. Ah ! Ciel, quelle perte ! vous „ êtes des gueux, des coquins, des marauds „ que j'accable de bontés & de leçons, & „ vous me ruinez impunément. Parcourez „ toute la terre, & tâchez de trouver un Li„ braire qui vous apprenne comme moi, „ son métier. Je vous en défie ingrats ; car „ il n'y en a point qui ait mes connoissan„ ces & mon savoir : allons, Trécourt, al„ lons chercher un passe-avant. " Mais Trécourt gourmandé sans rime ni raison, se fâcha, se monta sur le ton de l'insolence, & répondit : Un passe-avant, Monsieur, le trou de mon postérieur en est un. Ah ! le coquin, l'insolent, le vilain, le puant : ma femme, ma sœur Marie, la Garde. Non, de ma vie, je n'oublierai telle insolence ; puis il foiblit, il se meurt. On lui verse un pot d'eau sur le visage ; on vuide la bouteille au vinaigre sur ses tempes ; on lui fait avaler un verre de pequet d'Hollande ; il rouvre les yeux à la lumiere, ses sens se raniment, il revient à lui, trouve le monde fort tranquille ; il emballe, il charge, & part pour Gand.

Pendant la Foire de cette Ville un ami l'invite au Café. Emanuel s'y rend sans savoir qu'un de ses parens ( son frere ) devoit auſſi s'y trouver. Ce frere eſt autant eſtimable pour ſes bonnes qualités, qu'Emanuel eſt déteſtable pour ſes mauvaiſes. Cette querelle s'éleva pour des propos qu'Emanuel avoit tenus aux Correſpondans de ſon frere, & qui ne tendoient à rien moins qu'à le décréditer dans leur eſprit, ce qui lui cauſa beaucoup de préjudice. Ce frere auſſi honnête & auſſi diſcret qu'Emanuel l'eſt peu, lui reprocha d'abord l'indignité de ſa conduite à ſon égard; mais comme il ſe croit parfait, malgré ſes défauts, & que ſon frere n'en ignoroit aucun, il lui en expoſa quelques-uns des plus graves auxquels il ne put tenir. Plein de feu & de colere, il le menaça de ſon indignation. Le frere en rit & d'une maniere auſſi mépriſante que le procédé l'exigeoit, ce qui mit Emanuel dans une telle rage, que ſi le courage l'eût égalée, on auroit dû craindre que trouvant une corde, il ne s'en fût étranglé. Mais non, en homme qui aime à avoir la reſpiration libre, il cherche à ſe venger ſur ſon frere, qu'on peut comparer à Jacob, comme lui à Eſaü. Ils ſe prennent par la tête, s'arrachent les cheveux, ſe battent, renverſent les taſſes, les tables, le café, briſent les chaiſes, & ſe font à la tête & ſur le corps des contuſions meurtrieres.

Jamais ſurpriſe ne fut plus grande que celle de l'ami qui les avoit invités, & qui pour reconnoissance eut ses meubles cassés, & quelques égratignures qu'il attrapa en voulant les séparer. Cependant la Foire alloit bien pour Emanuel. Il vendoit des Anges Conducteurs, des Palmiers Célestes, des Journées du Chrétien, des Livres bleux, des Mémoires Secrets, des Aventures Galantes, &c. &c. Le fonds de sa Boutique s'éclaircissoit, & le gousset en devenoit mieux fourni. Il revint, fit briller de l'or aux yeux de sa femme, qui dans ce moment auroit été fâchée de le perdre. La paix regna dans le menage, parce qu'il étoit plus doux & plus patient qu'à son ordinaire. Souvent la misere est la source des tracas domestiques, surtout quand le jeu ou autres dépenses sourdes y donnent matiere.

Mais pour faire encore mieux juger des sentimens d'Emanuel pour ses parens, nous rapporterons une anecdote arrivée depuis peu, & qui nous a été envoyée par une personne digne de foi, qui sachant qu'on travailloit à un Mémoire pour servir à l'Histoire d'Emanuel, dans la vue d'en faciliter la recherche aux Nomenclateurs Historiques, qui ne manqueront pas d'en faire usage à la suite de l'Histoire des Grands-Hommes, s'est assez intéressé à sa célébrité pour nous en faire part.

Entre les freres d'Emanuel un s'est établi du côté de Namur, où il exerce en honnête homme la Profeſſion de Batelier ; & ce ſont préciſément ces deux raiſons qui font qu'Emanuel le mépriſe, parce qu'il eſt trop près de lui pour mentir à ſon occaſion, & qu'il n'a qu'une barque qui vogue tantôt ſur la Meuſe & tantôt ſur la Sambre. S'il avoit demeuré à 60 lieues de lui, & qu'il eût eu une naſſelle ſur l'eau ſalée, il auroit dit qu'il étoit Amiral, ou pour le moins Vice-Amiral ; mais demeurant à Namur, & ne voguant que ſur l'eau douce, quel moyen de faire un conte à ſon ſujet ? Ni la probité, ni la conduite, ni l'honneur ne font rien aux yeux d'Emanuel, dès qu'on ne paroît pas brillant. Si ce frere qu'il mépriſe avoit loué un accoûtrement galonné chez un frippier, s'étoit fait retapper & décrotter ſes ſouliers, pour aller chez lui, il l'auroit conduit au Café, à l'Eſtaminé, en l'annonçant pour un homme de la plus haute conſidération ; il auroit menti, à ſon occaſion, tant qu'il auroit voulu, & ſes menſonges auroient eu quelqu'apparence de probabilité ; mais cet honnête homme qui l'avoit ſouvent régalé de coups de pieds au derriere dans ſa jeuneſſe, à cauſe de ſes inſolences, croyoit qu'en habit honnête & modeſte ſelon ſon état, il pouvoit lui faire honneur & en être bien reçu, mais il ſe trompa.

Etant venu pour quelques affaires à Bruxelles, où il ſavoit qu'il avoit deux freres, il n'eut rien de plus preſſé que de ſe rendre chez Emanuel. En entrant dans ſa Boutique, où il le trouva ſe promenant d'un air important & méditatif, il lui dit affectueuſement : „ Bon „ jour, mon cher frere, comment vous por- „ tez vous ?" A ſon aſpect & à ces mots, Emanuel interdit, fâché & honteux, lui répondit entre ſes chicots, *cela va bien.* Sans dire autre choſe à ce frere ſi honnête, il continue de ſe promener, ſans faire plus d'attention à ſon bon cœur qu'on en faiſoit à ce qu'il diſoit lui-même, lorſqu'il tournoit la Broche chez le Chanoine B..... Il tire ſa montre d'or de ſon gouſſet & la remonte ; & non content d'avoir expoſé ce bijou aux yeux d'un frere qu'il mépriſe & qu'il veut étonner de ſes richeſſes, il adreſſe la parole à ſon Epouſe & lui dit : *Ma femme, avez-vous remonté votre montre d'or ? Oui*, repliqua-t-elle, *mon cher ami*, *la voilà.*

Deux montres d'or dans une maiſon font une ſorte d'opulence capable d'éblouir tous les Bateliers de la Sambre & de la Meuſe ; mais pour éblouir encore davantage ſon frere, Emanuel, voyant deux chandeliers d'argent hâché, qu'on avoit laiſſés ſur la table, & craignant qu'on ne les prît pour de l'étain, s'écria tout-à-coup d'un ton de colere : „ Ma femme pourquoi ne ſerre-t-on „ pas cette argenterie ! Faut-il que ma vaiſ- „ ſelle ſoit à l'abandon de tout le monde."

Le frere Batelier n'étoit pas souffrant; mais étourdi de la froideur d'Emanuel, de son mépris & du brillant des deux montres & des chandeliers dont l'argenture cachoit la rougeur, rougit lui-même, & sortit les larmes aux yeux pour aller raconter son aventure à un autre frere qui ressemble à Emanuel pour les manieres, comme le blanc ressemble au noir.

Il étoit si outré de la mauvaise réception qu'on lui avoit faite, qu'il fut une demi-heure assis chez son frere, dans la rue de l'Empereur, sans pouvoir parler. „ Qu'avez vous, „ lui demanda-t-on? Que vous est-il arri- „ vé ? " Mais il ne put répondre qu'après le tems que nous venons de dire. Alors revenu à lui-même & ayant repris ses sens: „ „ Non, s'écria-t-il, il ne m'est jamais rien „ arrivé de pareil. Je viens de chez ce „ gueux, ce pouilleux d'Emanuel, où je „ comptois recevoir des caresses, en retour „ des miennes; mais ce Grédin, n'a ré- „ pondu autre chose à mes questions affec- „ tueuses que, *cela va bien*. Il ne m'a ni „ prié d'entrer ni de m'asseoir. Il a tiré avec „ emphase une berloque jaune de son gous- „ set, & l'a remontée en ma présence, ou „ fait semblant de la remonter, car il n'a „ fait qu'un tour. Il a appellé sa femme qui „ m'a aussi regardé d'un air de dédain, pour „ lui demander, si elle avoit remonté sa

„ montre d'or, à dessein sans doute de me „ la faire voir. Je lui aurois volontiers dit, „ qu'il étoit surprenant de voir un Tourne-„ broche en remonter un autre; mais j'é-„ tois si stupéfait & si saisi de son insolence „ & de son mépris, que je n'ai pu proférer „ une seule parole. Si je l'avois tenu sur le „ bord de la Sambre, je lui en aurois fait „ boire un grand coup de bon cœur.

„ Vous deviez vous attendre à tout cela, *lui dit son frere*, de la part d'un pédant „ & d'un sot de son espece. Semblable à „ la grenouille sur le pré qui creva, en vou-„ lant s'enfler à la vue du Bœuf, lorsqu'il „ voit quelqu'un mieux habillé que lui, il „ se gonfle si étrangement qu'il en est bouffi „ & prêt à crever. Il n'y a personne qui „ ne le méprise à cause de son orgueil, si „ ce n'est un malotru nommé *Kirie* qui est „ son associé, & auquel les deux tiers de ses „ magasins appartiendroient, s'ils n'appar-„ tenoient en premier lieu à ses Correspon-„ dans. Il n'est point de contraste, dit un „ moraliste, plus bizarre dans la nature „ qu'un gueux orgueilleux, & rien de plus „ ridicule qu'un homme sans bien qui s'en-„ fle d'orgueil. L'homme d'esprit s'en di-„ vertit, le dévot s'en scandalise, & le fou „ qui s'en offense devroit le mépriser. Il pré-„ tend souvent, quoiqu'on connoisse son „ état, prendre le pas sur les autres; il af-

„ fecte le haut bout à table, afin de mettre dans tout son jour son orgueil & sa vanité..... On pourroit comparer notre sot Emanuel à cette fille qui s'accusoit un jour à confesse qu'elle étoit fort portée à l'orgueil, & à laquelle le Confesseur demanda, si elle étoit riche & si elle avoit beaucoup à espérer : non, mon Pere, lui répliqua-t-elle, bien loin delà, je n'ai rien au monde que les habits que j'ai sur mon corps. Allez, allez, reprit le Pater, cette maniere vous passera bientôt. "
Comme elle passeroit à Emanuel, si chacun reprenoit chez lui ce qui lui appartient. Mais les gens de sa trempe ne veulent pas faire attention que,

Cette maudite passion,
Si pleine de présomption.
Est, suivant le Décret céleste,
Un déplorable avant-coureur,
D'une ruine manifeste,
Et d'une infaillible malheur.

Ainsi soit-il, auroit dit le frere Batelier d'Emanuel, tant il étoit courroucé contre lui. Il n'y eut point d'épithetes qu'il ne lui donnât ; gueux, gredin, poliçon, marmot, pouilleux, crasseux, &c. &c. &c. lui furent prodigués avec les Jeans suivis d'un F. bien barrée; sans oublier Madame Emanuel sa belle sœur, qu'il traita de saloppe, de vuideuſe de pots de nuit, de torche derriere. „ Il convient bien, ajouta-t-il tout en co- „ lere, à une femme de ſon eſpece de por- „ ter une montre d'or. Quand ſon mari „ n'eſt pas à la maiſon, il faut que quel- „ qu'un la monte : & continuant toujours „ ſur le même ton, toutes ces ſaloppes de „ Chambrieres ayant appris à faire les Da- „ mes chez les Maîtreſſes qu'elles ont ſer- „ vies, ſe donnent des tons, ſe fouettent „ des airs; à les voir on diroit que l'entrée „ de leur derriere eſt celle d'une belle Ville. „ Elles font les précieuſes ridicules, com- „ me j'en ai vu jouer une, il y a quelque „ tems à Namur. On l'appelloit, je crois, „ la Comteſſe d'Eſcarbagnas, qui s'offen- „ ſoit du Latin qu'un certain Abbé..... „ apprenoit à ſon fils, parce qu'il y avoit „ un mot ſemblable à celui qui eſt le fa- „ vori des Porte-faix Liégeois; notre belle- „ ſœur pourroit bien l'avoir ſervie, car la „ robe qu'elle avoit aujourd'hui eſt d'un „ goût antique. Au reſte, ſi elle eſt ſotte, „ comme j'ai lieu d'en juger, elle a épouſé „ un ſot digne d'elle; mais pour moi j'ai „ une ſervante à ma maiſon bien laide & „ bien ſale, que je n'aurois pas voulu lui „ donner pour épouſe, tant je lui connois „ de dignes qualités ; & il étoit en état d'en „ juger."

Le frere chez lequel le Batelier s'étoit retiré pour ſe plaindre d'Emanuel, & qui eſt auſſi honnête & auſſi affable que ce dernier eſt ambitieux & hautain, lui dit qu'il ne devoit pas être ſcandaliſé de ſes façons, qu'il en agiſſoit de même avec tout le monde, qu'il ne ſe ſervoit même jamais du mot de Monſieur, quand il parloit des perſonnes auxquelles il avoit les plus grandes obligations; enfin il joueroit, je crois, ajouta-t-il, parfaitement, d'après nature, le rôle de Marquis de Fier-en-fat. Il a manqué ſa vocation, il devoit être Comédien, & d'une taille plus avantageuſe, il auroit bien joué le Glorieux.

Le Batelier remis de ſa ſurpriſe, vouloit retourner chez Emanuel pour lui dire ſon compte, ou l'aller trouver au Café, où il va étaler ſes graces & ſon érudition; mais ſon frere plus prudent le lui déconſeilla, en lui diſant que l'opinion qu'on en avoit dans le monde, étoit bien mince; que ceux qui ſembloient l'approuver le mépriſoient & ſe moquoient de lui; qu'on ſavoit que ſon commerce, qu'il vantoit comme le premier de l'Europe, n'étoit fondé que ſur un crédit commencé pour eſſayer, & qu'on étoit obligé de continuer dans la crainte de tout perdre; qu'on ſeroit bien aiſe de le voir proſpérer s'il étoit comme un autre, mais que la méchanceté de ſa langue lui attiroit indiſtinctement tout le monde pour ennemi;

ainſi le Batelier, ſuivant l'avis de ſon frere, prit le parti de le mépriſer, & jura qu'il viendroit cent fois à Bruxelles ſans faire la démarche de l'aller voir ; que, ſi le haſard vouloit qu'il le rencontrât, le ſeul ſalut qu'il recevroit de lui, ſeroit de lui cracher au viſage ; qu'il inſtruiroit tous ceux qui l'avoient connu poliçon de ſon changement, & qu'il leur apprendroit qu'il avoit changé cette qualité en celle d'impudent.

Tous ceux qui ont ſu la conduite d'Emenuel, à l'égard de ſon frere, l'en ont blâmé. Quand nos parens ſont honnêtes, on ne doit jamais les méconnoître, telle que ſoit leur fortune. Mais on peut ſavoir aiſément quelle peut-être celle d'Emanuel. Il n'y a que deux manieres de faire de bonnes affaires dans la Librairie, c'eſt de vendre de bons Livres ou des mauvais. Or Emanuel, en qualité de Domeſtique de Magaſin, n'a pas gagné dequoi acheter des premiers, puiſqu'il n'a commencé, du ſu de tout le monde, que par quelques Brochures ; donc s'il a gagné quelque choſe depuis ce tems, c'eſt à vendre des derniers ; mais, pour ſe monter ſur un ſi haut ton, il faut en avoir vendu plus long-tems que lui, ou avoir étrangement trompé les Acheteurs. On ne dit pourtant pas qu'il l'ait fait, quoique les airs qu'il ſe donne induiſent à le croire ; car dans la Librairie, comme dans tout autre commerce, on ne place pas tout d'un coup ſa fortune ſur des champignons. D'ailleurs un homme qui a des fonds conſidérables, ne courre pas en Colporteur, toutes les Foires, comme le fait Emanuel, à ſa louange ſans doute, s'il étoit plus retenu dans ſes propos, moins envieux, plus ménager de l'honneur de ſon prochain, plus circonſpect, moins bavard, moins vaniteux, moins jaloux & moins menteur; mais il s'eſt malheureuſement fait connoître ſur tous ces tons, & il y continue.

Si le Batelier vient à mourir avant Emanuel, & qu'il remplace quelquefois dans l'autre monde le paſſager Caron, l'ame d'Emanuel courre riſque de voltiger longtems ſur le bord du fleuve infernal, & d'attraper quelques coups d'aviron, car on ne peut douter qu'il en ait une, puiſqu'on trouve ſur ſon Catalogue, *Traité de l'Ame des Bêtes*; ou ſi la métempſycoſe a lieu, elle paſſera dans le corps d'une chauve-ſouris, dont la vue révolte, & qui ne ſe montre que la nuit.

Le frere d'Emanuel eſt parti de Bruxelles l'ame pleine de ſes mauvais procédés. On ne ſait s'il lui a écrit, mais il s'étoit bien promis de le faire, en lui rappellant tous les traits de ſa vie qui n'échappent pas à un parent, & que le Public ignore. Si Emanuel nous le communique, nous en ferons uſage dans la ſeconde édition de ces Mémoires: comme il aime la célébrité, nous entrons, ſans doute, dans ſes vues en le célébrant. Ayant autant d'érudition & de goût qu'il en a, il trouveroit mauvais qu'en rapportant ſes bonnes actions, nous ne diſions rien de ſes mauvaiſes. Il ſait, d'ailleurs, que l'adulation eſt le poiſon de l'hiſtoire.

La Boutique d'Emanuel, étant diminuée par le débit des Foires, il étoit juſte qu'il retournât à Paris, pour la récompléter. Il en parla à ſa femme, qui le trouva bon, & qui l'invita à être économe dans ſon voyage: il partit donc, en promettant de faire de bonnes affaires. C'étoit après les Pâques de 1771, tems où l'on faiſoit à Paris des réjouiſſances, à l'occaſion du mariage du Dauphin. Emanuel ſe donna des mouvemens & des peines. Il courut tous les Magaſins de Paris, mit les Emballeurs, les Commis, les Garçons de Boutique dans ſes intérêts; leur promit de leur acheter tous les Livres qu'ils pourroient lui fournir, & le tout argent comptant & à bon compte, parce que ces Livres ne coûtent rien à la plupart de ces Meſſieurs, qui croyent que tous les biens d'ici-bas ſont communs, & que tout dépend de la façon de ſe les approprier.

Emanuel ayant ſoigneuſement évité les rencontres, partit, chargé de quelques Brochures nouvelles, & de la parole de Meſſieurs ſes Correſpondans ſecrets ; mais il avoit fait encore avant ſon départ, une bien meilleure affaire ; il avoit établi entre lui & un Relieur, qui veilloit à ſes intérêts, une Société de Commerce, qui conſiſte à ſe paſſer réciproquement des Lettres-de-change à leur ordre, tirant l'un ſur l'autre, & ſe procurant par-là de l'argent, ce qui fait dire à Emanuel, qu'il paie comptant tous les Livres qu'il achete ; que ſes Confreres n'entendent rien au Commerce : Moi, dit-il, en ſe frappant ſur la poitrine, je rapporte beaucoup de Livres de Paris, que je paie comptant, & j'en rapporte toujours plus d'argent, que je n'y en porte. Si la choſe étoit vraie, il ſeroit facile de deviner l'énigme.

Emanuel, pour ſuivre le conſeil de ſon Epouſe, & ne pas être étouffé dans la voiture, avoit pris ſa place ordinaire au grand air; il avoit toujours ſoin de deſcendre avant que la voiture n'arrête. Arrivé à une petite Ville, il regardoit ſortir les perſonnes de l'intérieur de la Diligence, lorſqu'il reconnut les Demoiſelles F...... de Bruxelles. Il les approcha, leur fit une profonde révérence. *Pas ſi bas*, Mr. lui dit la plus maligne, *pas ſi bas; tenez-vous debout*, *vous ſerez toujours aſſez près de terre.* Elle le diſoit en badinant, mais Emanuel s'en ſentit offenſé juſqu'à l'ame, parce que ſa paſſion dominante a toujours été d'être cru plus qu'il n'eſt.

n'eſt. *Comment êtes-vous donc venu ici*, lui dit-elle? *En l'air*, répondit-il; *de plus les ſecouſſes violentes m'ont cauſé une diarrhée, qui me met aux abois. Si vous vouliez avoir la bonté de me faire entrer dans la voiture, je ſuis ſûr qu'à votre recommandation, le Cocher & les perſonnes de la compagnie le ſouffriront, & je me ferai ſi petit, que je ne gênerai perſonne.* Les Demoiſelles F.... touchées de compaſſion, lui obtinrent la grace qu'il demandoit.

Il ne fut pas plutôt dans la voiture, qu'il ſe donna des airs & fit l'homme d'importance. Il dit, qu'il avoit vu à Paris Mgr. le Dauphin, Madame la Dauphine; qu'il avoit été par-tout à Verſailles, qu'il avoit eu des billets d'entrée de ſes amis, gens en place, gens de condition, gens tenant à la Cour, par les premiers emplois. Mais comme il ſe trouve toutes ſortes de caracteres dans les voitures publiques, un Mr. qui, aux diſcours d'Emanuel, avoit jetté ſur lui un regard, en hauſſant les épaules, lui dit: *Mr. je crois que vous avez eu plutôt des billets de ſortie, que d'entrée.* A ces paroles, Emanuel ſe cabre, injurie, étale ſes titres: il dit qu'il eſt Libraire de Madame Royale, tante de Madame la Dauphine; qu'il fournit tous les Livres poſſibles; que ſes Magaſins ſont immenſes; que ſa correſpondance eſt établie juſqu'aux bords de l'Euphrate; qu'il vient de faire des affaires à Paris, pour un demi-million, & on étoit arrivé à Peronne, qu'il bavardoit encore.

Pendant le dîner, il affecta des tons d'opulence; il cherchoit à réaliser en sa faveur le proverbe qui dit, que bonne renommée vaut mieux que ceinture dorée; mais il ne réussit pas. Il eut beau dire qu'il ne se mettoit jamais en route sans avoir cinquante louis en poche, on n'en crut rien. Le Maître de l'Auberge, qui avoit une lettre de change à tirer sur Bruxelles de 54 livres de France, ayant demandé si quelqu'un de la compagnie ne pouvoit pas lui faire le plaisir de la lui payer, on lui indiqua Emanuel qui saigna du nez. Après avoir vu la lettre de change : *Je n'en donnerois pas*, dit-il, *un écu de six francs. Mauvaise paie*, *mauvais billet*, *jamais vous n'en serez payé; l'homme n'est pas resséant*, & c'étoit un Marchand fort aisé. On remonte en voiture, & Emanuel recommence à parler; il en revient à sa qualité de Libraire de Madame Royale. Il fait l'énumération des Livres qui composoient & ne composoient pas sa Bibliotheque; & de deux cents propositions qu'il fit, le Mr. qui l'avoit déja apostrophé, lui en nia cent quatre-vingt dix-neuf. Il recommença la querelle, & il a le malheur de ne pouvoir disputer sans devenir insolent. De toutes les folies de l'homme, on conviendra que la moins pardonnable eſt celle de ſe rendre malheureux par ſa langue. Le Mr. que le bavardage d'Emanuel ennuyoit, étoit un homme de conſidération, attaché au Conſeil de Madame Royale, & qui ſouvent avoit l'honneur de l'approcher : il le prit à l'eſtomac, le fit voler par la portiere, & purgea ainſi la voiture de cet importun, qui, rampant à terre comme un inſecte, manqua d'avoir le corps briſé par les roues du carroſſe.

Le malheureux ton d'Emanuel lui procure toutes ces diſgraces. En voulant s'élever au deſſus des autres, il deſcend au deſſous de lui-même. Il eſt familier avec ſes ſupérieurs, important avec ſes égaux, impertinent avec ſes inférieurs; il tutoie, il protege, il mépriſe. Si on le ſalue, il ne voit pas; ſi on lui parle, il n'écoute pas; ſi on parle, il interrompt, il lorgne, il perſiffle au milieu de la ſociété la plus reſpectable & de la converſation la plus ſérieuſe: ſoit qu'on le ſouffre ou qu'on le chaſſe, il en tire également avantage.

Arrivé à Valencienne, il n'avoit plus le ſol en poche. Il tira en particulier les Demoïſelles F....... leur peignit ſa ſituation, & les pria de lui prêter ſix francs, ce qu'elles firent fort généreuſement; mais Emanuel devint ingrat, & ſe couvrit, deux ans après, d'opprobre & de honte, en faiſant imprimer, contre elles, un libelle.

L'ingratitude est un abrégé de toutes les bassesses & le plus indigne des défauts. Les Romains en avoient une si grande horreur, que la derniere injure qu'ils pouvoient dire à un coquin, étoit de l'appeller ingrat. Il est certain qu'il n'y a pas de crime qui repugne plus à la nature que l'ingratitude. L'Italien, pour bien l'exprimer, dit en proverbe : *Levata la seté, si voltano, le spalle al fonte.*

De retour de ce voyage, Emanuel ne manqua pas d'aller au Café pour y raconter toutes les réjouissances qu'il avoit vues & celles dont il n'avoit qu'entendu parler. Il avoit entré dans tous les appartemens de Versailles. Il avoit vu les soupers, le bal. Il y avoit été à l'Opéra ; mais, par malheur pour lui, il se trouva là un Monsieur qui connoissoit parfaitement Versailles, & qui ne pouvoit croire, qu'en pareille occasion, on eût laissé entrer un homme de son espece. Il lui demanda comment étoit construite la salle, ce qu'il ne put dire, & qui tourna à sa honte.

Il se trouva quelque tems après à l'Estaminé de l'Eperon, sur le Marché aux Herbes. Il voulut entamer la même narration qu'au Café & se faire écouter ; mais comme on savoit ce qui s'étoit passé, on le méprisa & on lui tourna le dos. Il en fut tellement en colere, qu'il entassa impertinences sur impertinences, & se fit jetter sur le feu. Ses habits, ses cheveux, ses mains, ses pieds furent brûlés. Il retourna chez lui ; & sa femme, en l'appercevant en cet état, s'écria : *Ah, Ciel ! qu'as-tu encore fait ? Qu'as-tu encore dit ? Tu ressembles à un tison d'enfer. Il est donc dit que jamais tu ne resteras chez toi tranquille, occupé de tes affaires. Si tu veux absolument sortir, laisse ta langue à la maison, car c'est elle qui t'attire toutes ces disgraces.*

Emanuel revenu de son dernier voyage plus mauvais que des autres, ou peut-être à cause des douleurs de la brûlure, menaça de battre sa femme, & des voisines ont même assuré qu'il le fit. Mais comme il n'y a guere que la premiere fois qui coûte, la chose est passée en usage dans leur ménage. Le retour du jeu ou de l'Estaminé est souvent suivi de quelques scenes tragiques qui sont couronnées par quelqu'œil poché au beure noir, quelques égratignures au visage, & par la brûlure de quelques pauvres brochures qui n'ont aucune part à la dispute.

Si plus une femme regarde avec horreur le furieux qui la frappe, plus elle est profondément attendrie, quand elle ne voit en lui qu'un adorateur jaloux, Emanuel cherchoit peut-être à lui procurer ce plaisir. Car quel est l'homme capable d'aimer long-tems une femme qui n'auroit point de caprices ? Sans fureur, sans emportement, l'amour seroit monotone, insipide, & périroit bientôt de langueur. Jamais Moliere n'a mieux ſenti la nature, jamais il n'a donné de leçon plus utile que lorſqu'il introduit une femme battue, qui fait retomber toute ſa colere ſur celui qui eſt aſſez imprudent pour venir à ſon ſecours. Le Duc de Buckingham, lors de ſon ambaſſade en France, diſoit à M. de Chevreuſe, qu'il avoit aimé trois Reines, & qu'il avoit été forcé de les gourmer toutes trois.

Malgré la ſoi-diſante immenſe fortune d'Emanuel, il réſolut de continuer à fréquenter toutes les Foires; mais il lui falloit chez lui, un homme adroit, un homme de confiance. Il ne vouloit pas qu'il fût trop bien fait, dans la crainte ſans doute, qu'il ne plût à Madame : les précautions ſont toujours bonnes à prendre. Il y avoit en Ville, le fils d'un Revendeur de vieux tableaux, qui avoit quelque teinture de Librairie, qu'il avoit appriſe chez l'un & chez l'autre, en s'y rendant néceſſaire. Il donnoit en commençant le Commerce de la Librairie, dans les Bouquins qu'on achete au vieux Marché, à un ſol le volume. Il avoit lu des Catalogues raiſonnés, & avoit appris à connoître les Titres de quelques bons Ouvrages. Il peut avoir trois pieds & demi de hauteur, & actuellement aux environs de quarante ans; mais on ſait que ceux qui ſont contrefaits du corps ou des piédeſtaux, paroiſſent ordinairement beaucoup plus vieux qu'ils ne ſont. Ses yeux ſont noirs, ſes cheveux plats, ſa figure ſeche; il ſe donne des airs, affecte le ton ſcientifique. Quand il parle à quelqu'un, il a ſoin de s'approcher tout près de lui, pour qu'il ne s'apperçoive pas que ſes deux jambes forment exactement la Lettre initiale, de *Kirie eleiſon*. D'autres prétendent qu'elles font l'an 55. Mais elles ne ſont pas aſſez arrondies. Tel fut le ſujet qu'Emanuel choiſit pour le remplacer pendant ſes abſences, non comme Garçon, mais comme Aſſocié. Comme il ſait le Flamand, la Société fait le Commerce dans les deux Langues Françoiſe & Flamande, & dans la Latine, qu'aucun des deux n'entend; pour les Claſſiques & les Livres de prieres, on ſait que tout le monde s'en mêle. Cet Aſſocié a ſa Boutique à part, où il demeure avec ſon pere, qui lui ſert de Cuiſinier, & ſon frere de Garçon de Magaſin. Ce dernier a le malheur d'être déſavoué par ſon pere & ſon frere, qui répondent, quand on les queſtionne ſur ſon compte, qu'il eſt le Domeſtique, le Garçon de Magaſin. Il lui eſt défendu de dire, ni mon pere, ni mon frere, quoiqu'il ſoit plus qu'eux, dans le cas de les déſavouer. Elevé dans une branche de la Sinagogue, on comprend que cet Aſſocié d'Emanuel, en entend tous les tours & les rubriques. Il a ſoin de ſe procurer, ſous des dehors de probité, d'honneur & de désintéressement, des commissions pour acheter des Livres aux Ventes; mais comme de raison, il y profite, chacun devant vivre de son métier. Si on lui dit, par exemple, qu'il peut mettre jusqu'à dix florins, à un tel Livre, & qu'il l'obtienne pour quatre, il le fait payer dix florins, & 5 par cent de commission, parce que, s'il l'avoit eu dans sa Boutique, la personne lui en auroit donné tout autant, & peut-être plus. Si quelqu'un est dans le besoin, & veut se défaire de ses Livres, il les lui achete à moitié pour rien, mais au comptant, & l'on est quelquefois bien heureux de trouver cette ressource, car les effets scientifiques ne sont pas reçus au Lombart. Libraire, Imprimeur, Colporteur, Porte-Balle qui ont des Livres, & besoin d'argent, en trouvent, mais très-peu, chez Emanuel & son Associé, pour beaucoup de Volumes; ils aiment sur-tout les belles Relieures, & les Livres à Figures, un peu drôles. L'Associé d'Emanuel, que nous nommerons, comme on l'appelle communément, l'an 55, ou *Kirie*, sait très-bien qu'il y a du même Ouvrage, des Editions qui sont recherchées, mais que tous ceux qui lisent, n'en savent pas faire la différence; de sorte qu'ayant commission d'acheter un Ouvrage, dont son Associé ou lui, a la mauvaise Edition, il la donne au prix de la bonne, à celui qui l'en a chargé, & garde celle qu'il a acquise à la Vente. Il fait aussi en Estampes, & suit la même maxime.

Le logement de *Kirie* est trop singulier, pour n'en pas faire ici la description. C'est un réduit obscur, qui ne reçoit de jour, que par une porte vitrée, & une petite fenêtre quarrée. Quelques mauvaises Brochures, des Estampes sales tapissent le vitrage, en forme de transparens, & annoncent la demeure d'un Bibliographe. On ne peut y entrer que de côté, & en se courbant, la porte étant fort basse. La Boutique forme un parallélogramme oblique, dont la base est de huit pieds de roi, & la longueur de cinq & demi. Sur des rayons poudreux, sont rangés de gros Livres, précieux par leur antiquité, & reliés en Antiphoniers. Les Titres font peur par leur singularité; enfin, on ne peut les appeller autrement, que Bouquins & Archi-Bouquins.

Cette Boutique sert d'antichambre à un Taudis, qu'on appelle Salle, & qui l'est en effet; il faut être de la famille, pour avoir l'honneur d'y entrer. Là, un Cyclope à barbe longue & cheveux gris, entortillé d'une houpelande, travaillée à jour, fourré d'un gillet de pinchinal, enculotté d'une toile cirée, ratisse la carotte, pele le navet, fait bouillir le canada & le choux, & broye ensemble le poivre, le girofle & le sel. Son unique travail, depuis qu'il ne judaïse plus, est de faire la cuisine pour Monsieur son fils, le Libraire, & pour lui, car le fils Jean, n'étant avoué que pour Magasinier, n'a l'avantage de manger avec ces Messieurs, que quand on ne le voit pas. Et à la vérité, il est un peu glouton, comme on en jugera par l'anecdote suivante.

Le vieux Chef de Cuisine, avoit accommodé des abattis d'oye, qu'on vend à Bruxelles, enfilés d'une ficelle, pour deux ou trois sols. Dans la vue de régaler Mr. son fils, il avoit relevé la sausse d'un bouquet de persil, de thin & de cerfeuil. On se mit à table, à l'antique façon de nos premiers Peres, & Jean le cadet, pour son malheur, y fut admis ce jour-là : après avoir pâturé de son mieux, & qu'on en étoit à torcher le plat avec son pain, tout-à-coup il devint pâle, jaune, bleu, violet & rouge. Il étouffe, il suffoque, la voix lui manque; on court au Chirurgien, plutôt qu'au Prêtre, car *Kirie* pense un peu fort. Un Apothicaire arrive, ajuste son instrument, injecte au malade un lavement de tabac. Il éternue, fait des grimaces & rend avec intérêt ce qu'il a pris. Le Médecin arrive aussi, tâte le poulx, la tête & le bas-ventre. Tout étoit selon les regles de la Faculté. Il cherche la cause du mal, fait ouvrir la bouche au malade, & il apperçoit à une des dents machelieres, un fil qui s'y étoit noué par hasard. Le Docteur veut l'ôter, & tout-à-coup, & à son grand étonnement, il tire de l'estomac du malade, le bouquet de persil & de thin, &c. comme on tire à la ligne le poisson de la riviere; & ayant examiné ce fil avec ses lunettes, il trouva que ce qui avoit causé un si cruel accident, étoit un cheveux gris du Vieillard, dont il s'étoit servi pour nouer le persil. *Kirie* gronda fort, on envoya le malade coucher au grenier, qui lui sert de chambre, & le Vieillard n'a rien changé depuis, à sa maniere de cuisiner.

Quand Emanuel va voir son Associé, il n'y prend jamais rien, si ce n'est un verre d'eau qu'on lui sert à la main, pour ne pas faire voir la noirceur des assiettes. Il a été lui-même fort fâché de l'aventure du cheveux gris, parce qu'on l'en a raillé, & qu'on lui disoit en le rencontrant vers midi dans les rues: *Monsieur va sans doute dîner chez sa Compagnie? Il y a aujourd'hui beaucoup de monde, car on a été a la boucherie des Casernes.* (*)

Quand Emanuel croit que *Kirie* n'en saura rien, il nie toute Société, & désavoue le pere, les fils, la demeure & les Bouquins; & l'on sent bien qu'un Pindariseur, un homme enflé de ses talens, qui donne dans le

(*) C'est une Boucherie, où on tue pour la Garnison, des vaches & des brebis, & où le commun peuple va faire sa provision à bon compte.

plus ſingulier égoïſme, n'ira pas prôner une Aſſociation avec des gens qui ne ſe mettent de niveau avec lui, ou plutôt qui ne le ſurpaſſent en moyens, que parce qu'il fait beaucoup de dépenſe & qu'ils en font peu; qu'il vit en quelque ſorte pour manger, & qu'ils ne mangent que pour vivre; qu'il aime le brillant, & qu'ils chériſſent la craſſe; qu'il aime à ſe faire voir, & qu'ils ne ſortent de leur hutte, ſi ce n'eſt M. le Libraire, qu'à l'heure des Chauves-Souris & des Hiboux; mais tout Bavard & tout imprudent qu'il eſt, il n'a garde de faire une telle abjuration devant quelqu'un qui pourroit en inſtruire *Kirie*, qui, rompant avec lui, pourroit faire fondre la fortune, & caſſer les échaſſes ſur leſquelles elle eſt montée.

Ces deux Aſſociés ont le malheur d'être envieux. Il leur ſemble que le bonheur d'autrui eſt un vol qu'on leur fait. Ils ont faim, quand ils ſavent qu'un autre mange, & le froid les glace à meſure qu'un autre ſe chauffe. Ils s'inquiétent nuit & jour, pour inventer des obſtacles à oppoſer au bonheur d'autrui, & leur ame ne s'ouvre à la joie, que quand ils voyent périr leur prochain. Un Marchand d'Eſtampes, nommé G....... en fit, il y a quelque tems, la triſte expérience, comme on va le voir dans le récit ſuivant.

Un Libraire de Gand, devant faillir, en

prévint le Marchand d'Estampes, auquel il devoit dix à douze mille francs, & lui donna des Livres en payement, que celui-ci céda à d'autres Libraires. Emanuel ayant su ces circonstances, alla dire de boutique en boutique à Paris, que le Libraire banqueroutier & le Marchand d'Estampes étoient d'intelligence, pour faire perdre les créanciers; & il ajouta tant de circonstances simulées qu'on le crut. Il se chargea même de le prouver, & voici l'expédient dont il se servit pour y parvenir, mais en vain.

Il connoissoit à Namur un Avocat, & s'en servit pour perdre le Marchand d'Estampes. Il l'engagea d'aller trouver ce Marchand, & de lui dire, qu'il devoit au Libraire banqueroutier, 60 florins; que ne sachant pas comment les lui faire tenir, parce qu'il ignoroit le lieu de sa retraite, il le prioit de s'en charger. La commission acceptée, l'Avocat porta les 60 florins au Marchand d'Estampes, qui les réfusa, alléguant, qu'il n'étoit pas chargé des créances de cet homme, & qu'il ignoroit le lieu de sa retraite. L'Avocat le sollicita fortement, mais toujours en vain.

Le bruit de cette malicieuse démarche, s'étant répandu, tous les Confreres vinrent féliciter le Marchand d'Estampes, & lui dirent que s'il avoit eu le malheur de donner dans le piége qu'on lui tendoit, on auroit ſaiſi ſa boutique, ſa perſonne, & qu'on l'auroit rendu reſponſable de la faillite du banqueroutier, parce qu'il auroit prouvé par la réception de ces 60 florins, qu'il étoit de moitié avec lui.

Emanuel ne ſe contenta pas de cette tentative, il engagea un Récollet à en faire une ſeconde, qui irrita ſi fort le Marchand d'Eſtampes, qu'après avoir beaucoup juré, il manqua d'encourir les cenſures de la Bulle: *Si quis inſtiganti Diabolo, &c.* C'eſt l'uſage d'Emanuel, lorſqu'il veut jouer quelque tour de ſon métier à quelqu'un, d'employer des Gens de Pratique ou des Moines.

Il y a dans les Pays-Bas un ſoi-diſant Avocat de Paris, qui n'a plus voulu paroître ſur le tableau du Parlement, parce que tous les Avocats de cet auguſte Tribunal ſont des ignorans. L'air de la France, d'ailleurs eſt fort contraire à ſa ſanté. On n'eſt jamais prophete dans ſon pays, ſe diſoit-il à lui même: cherchons à le devenir dans une terre étrangere. Il part ou on le fit partir, & il arrive en Brabant, où il apprend qu'un de ſes Prédéceſſeurs, nommé Chaman de Langlade, avoit fait fortune, aux dépens d'une riche Abbaye où l'on guérit de la rage. Cette circonſtance flatte ſon eſpérance, il ſe croit déja Prophete. Il apprend que M. M. M......, D......, & beaucoup d'autres ont fait fortune en avocaſſant; il croit déja la ſienne faite. Il ſe loge par modeſtie dans une eſpece de taudis qu'il paye largement, en donnant quatre eſcalins par mois. Les grands hommes ne font jamais d'attention à ces bagatelles. On dort, quand on a ſommeil, ſur un grabat, comme ſur le meilleur lit du monde. Une table, une chaiſe de bois, des plumes, de l'encre & du papier, c'eſt tout ce qu'il leur faut. Ils n'ont pas beſoin de Livres, leur tête en contient toute la quinteſſence. Notre Prophete, quoique juſqu'ici du nombre des petits, prévoit bien que pour vivre il faut manger du pain, & que pour en avoir, il faut des connoiſſances, quand on n'a point d'argent. Il chercha à faire celle de certaines filles obligeantes qui voyagent pour leur plaiſir & pour celui des autres, & qui ſortant, malgré elles, de chez les Dames Candaches, Bertrand, la Feuille, & autres modernes, vont faire des retraites à la porte d'Anderlecht, par ordre de la Police. Il en a été conſtamment ſecouru & l'eſt encore. Et comme la plupart d'entre'elles ne ſavent pas écrire, c'eſt lui qui fait leurs lettres, & qui, lorſqu'elles commencent à être ſurannées dans la Ville, écrit vraiſemblablement ailleurs pour les annoncer : la charité eſt une vertu, & la reconnoiſſance en eſt une autre. Il eut encore le bonheur de faire celle d'un Procureur au Siege Echevinal, qui réunit en ſa petite perſonne tout ce que la chicane a jamais imaginé de malice, de ruses & de subterfuges. La partie a-t-elle de quoi fournir, le procès dure? N'a-t-elle plus rien, on lui conseille de s'accommoder. S'il faut avoir l'ame dure, insensible, intéressée, ce petit homme qu'on appelle *Junior* Tems, (*) parce qu'il y en a un du même nom plus vieux que lui, est le Procureur des Procureurs, homme si utile à la Justice, qu'en un cas de nécessité, il serviroit de Maître des Hautes-Œuvres.

Notre Procureur, qui n'aime pourtant pas les François, parce qu'il les croit tous infectés des vapeurs de la Garonne, promit sa protection au Prophete nouveau débarqué, parce qu'il voyoit dans cette connoissance un certain utile pour lui. Les Procureurs ont quelquefois quelques écrits à faire. En s'adressant aux Avocats immatriculés, il n'y a rien à gagner sur l'honoraire, au lieu qu'en se servant d'un passe-volant, on le partage. Et n'est-il pas naturel de chercher son profit? Ces Messieurs ont l'honneur d'être les amis d'Emanuel par la raison : *Asinus asinum fricat.*

---

(*) On avertit qu'on ne doit pas lire ce nom à la maniere Hébraïque; & que celui qui le porte a eu le malheur d'avoir le bras cassé, il y a deux ans, par un bourru qui s'imagina qu'un méchant Procureur a toujours trop d'un bras pour faire du mal.

Emanuel n'en agiſſoit ainſi que pour ſe faire des amis à Paris, & ôter à ſon aſſocié un concurrent. C'eſt au Lecteur à juger s'il eſt permis de s'en procurer à ce prix.

Le Commerce d'Emanuel exigeant qu'il fît de fréquents voyages à Paris, il avoit envie de faire de grandes emplettes à ſon dernier. Il examina en homme ſage les fonds de ſa caiſſe; mais les trouvant trop foibles pour faire face à ſes affaires, il emprunta 100 louis, ſous promeſſe d'en rendre 110 dans trois mois. C'eſt un intérêt de quarante pour cent, mais qui n'eſt rien pour un homme qui gagne 30000 l. en un voyage. C'eſt ſans doute ce qui l'a mis à portée de faire des ventes de Livres à Louvain à perdre 30 & 40 pour cent.

Cependant, il y a quelques années (2 ans) que le terme des billets qu'Emanuel avoit donnés aux Libraires de Paris, étant prêts à échoir, il ſentit qu'il ne ſeroit pas en état d'y ſatisfaire. En homme prudent & ſage qui ſait ſe retourner dans une mauvaiſe affaire, il part pour cette grande Ville, où l'on crut qu'il venoit le porte-feuille rempli d'effets, ſur des Banquiers; mais point du tout. Il court chez ſes Libraires, leur dit, la douleur peinte ſur le viſage, que les Libraires de ſon pays donnant les Livres à un prix au deſſous de la facture, ce qu'en conſcience il ne pouvoit faire, il ne lui étoit pas possible de faire honneur à ses engagemens. Sur ce ton de probité, les Libraires de Paris, qui n'étoient pas instruits du contraire, passerent par tout ce qu'Emanuel voulut exiger d'eux.

Il avoit peur que quelque mal-intentionné n'eût écrit à ces Messieurs une partie de sa vie, qu'il n'eût marqué qu'on le trouvoit plutôt au Billard qu'à sa Boutique, & qu'il y perdoit souvent 20 & 30 louis par jour, & que ces parties l'obligeoient à prendre de l'argent à gros intérêt; mais par bonheur pour lui personne n'avoit écrit.

Pour établir de plus en plus son crédit, & gagner la confiance des Parisiens, il tâcha de décréditer ses Confreres. Il avoit dit à sa femme, avant son départ : „ Ma „ femme, je serai dans peu, le premier Li„ braire de l'Europe. J'ai un moyen sûr & „ infaillible pour y parvenir. C'est de faire „ tomber tous les Libraires possibles, de „ les décrier, de les décréditer, de les noir„ cir, &c. pour les faire tomber & servir „ d'escabeau à mes pieds. " S'il avoit su le Latin, il auroit dit humblement : *Donec ponam inimicos meos scabellum pedum meorum;* je n'aurai point de repos. Ce fut la conduite qu'il tint à Paris. „ Je suis, dit„ il à ses créanciers, le seul honnête „ homme de notre profession des dix-sept „ Provinces, & même du pays de Liege.

„ Je fais pour cent mille francs d'affaires „ tous les ans. Mes Correſpondances paſ- „ ſent les bornes de l'Europe. B...... T.... „ V........ & mon frere ſont des gueux, „ des coquins. Ils donnent tout pour rien... „ Ils meurent de faim, & je parie 400 louis „ tout à l'heure, de les faire tomber tous. „ Mais comment donc vous y prendriez- „ vous, lui demanda un de ces Meſſieurs? „ Voulez-vous, Monſieur, m'honorer de „ votre confiance? J'oſe vous dire qu'elle „ ne peut être mieux placée, je vous ferai „ payer juſqu'au dernier ſol. Donnez-moi „ votre procuration pardevant Notaire, „ paſſez-moi votre créance ſur..... & je „ réponds de tout. "

Cet homme qui cherchoit avec tant d'ardeur la confiance des Libraires de Paris, pour nuire à ceux des Pays-Bas, n'y étoit pas connu. On ne ſavoit pas, par exemple, qu'au moment de ſon départ, pour ce même voyage, il avoit retenu, pour la premiere fois, une place dans la Diligence; que celui qui portoit ſa malle ou plutôt ſon boute-ſac, ( ſac de nuit ) à cette voiture, le perdit depuis le Bureau juſqu'à la porte de la Ville. Qu'Emanuel, à cette nouvelle, étoit deſcendu tout effrayé de la voiture, & revint chez lui; qu'il avoit alarmé toute la Ville, comme s'il ſe fût agi de la perte des Gallions d'Eſpagne; que lorſqu'on lui demanda quel pouvoit être l'objet de cette perte? il dit qu'il perdoit plus de 6000 florins; qu'il avoit dans ce sac, douze chemises garnies des plus belles dentelles de Bruxelles, habit, vestes, culottes de soye, étoffe de Lyon brochée; mais, ajouta-t-il, tout cela n'est rien en comparaison de mes papiers; enfin il crie, il jure, il bavarde, il se contredit, & part trois jours après pour son voyage. On n'y savoit pas, dis-je, qu'après ce voyage, sa malle se retrouva intacte, qu'on lui rendit ses papiers dont il pouvoit très-bien se passer, & que tous ses effets ne furent évalués qu'à deux pistoles. Quoique les grands parleurs ne soient ordinairement crus que pour la moitié de ce qu'ils disent, quand ils sont connus pour véridiques, on n'avoit garde de présumer pareille chose d'un homme qui se montoit sur un si haut ton; qui disoit que s'il avoit embrassé la profession de Libraire, c'étoit par des malheurs arrivés à sa famille, & parce qu'elle le rapprochoit des Lettres qu'il aimoit beaucoup. ( Ces Lettres étoient des Lettres de change à toucher, car pour celles à payer il en a horreur. ) Qu'il a nagé, dès sa plus tendre jeunesse, dans l'aisance & dans l'opulence; qu'il a reçu une éducation distinguée; qu'il sent dans le fond de son ame des sentimens nobles, relevés, & infiniment supérieurs à ceux de ses Confreres. Tels sont les discours qu'il tient de lui-même, à ceux qui ne peuvent pas aller à la source; mais s'il parle à ceux qui le connoissent, il tire encore vanité de son extraction; il dit que sa famille remonte aux premiers âges du monde; que ce furent ses ancêtres, qui par charité pour le St. Homme Job, lui donnerent les morceaux de pots de terre cassés, dont il racloit sur son fumier, le pus de ses ulceres; que ce furent eux qui fabriquerent les vases de terre, dont Moyse changea les eaux en sang, pendant les playes d'Egypte, qu'ils travaillerent à la fameuse statue de Nabuchodonosor, dont les pieds étoient d'argile; que quelques générations après ils firent les cruches de Cana en Galilée, & qu'en ce tems-là, les potiers de terre étoient nobles à un bien autre titre que les Gentilshommes Verriers de nos jours.

Les Parisiens, qui sont naturellement bonnes gens, & qui ne croyoient pas qu'un originaire des bords de la Sambre, pût être soupçonné des défauts de celui de la Garonne, lui donnerent leur confiance, leur procuration contre le Sr. ..... & il partit. Les gens qui s'intriguent dans des affaires qui ne les touchent pas, sont ordinairement des esprits inquiets qui ne se plaisent qu'aux infortunes des autres. Ceux qui ont le malheur d'être de ce vilain caractere, ne devroient avoir aucun ami, car en soufflant un

feu que la charité chrétienne voudroit qu'on s'appliquât à éteindre, ils ne sauroient que s'attirer le mépris & l'indignation des gens d'honneur. Emanuel en avoit pourtant encore un qui savoit, qu'il s'étoit procuré cette commission contre un de ses Confreres, qui ne lui a jamais fait que du bien, puisqu'il lui doit encore. Il lui dit. „ Mon cher Emanuel, en voulant perdre les autres, vous
„ vous perdez vous même. Mettez la main
„ sur la conscience, & vous rendez justice.
„ Avouez qu'il seroit facile de vous faire
„ tomber de façon à ne vous jamais relever.
„ Moi périr, Monsieur, s'écrie-t-il, non,
„ non, je ne périrai jamais. Il m'est dû de
„ tous côtés & je ne dois rien. Oh! pour le
„ coup, reprit cet ami, vous êtes Emanuel
„ un impudent menteur. Je connois un Im-
„ primeur-Libraire seul à qui vous devez
„ en Lettres-de-change signées de vous,
„ cinq mille florins, qu'il a voulu négocier
„ à G...... qui seroit fort fâché d'avoir
„ affaire à un aussi mauvais payeur. Mais si
„ cet Imprimeur négocioit vos Lettres-de-
„ change, & qu'un homme un peu difficile
„ s'en chargeât, où trouverriez vous cinq
„ mille florins? Dans votre Boutique? Pas
„ un seul Livre ne vous y appartient. Dans
„ la bourse de vos amis? Vous n'en avez
„ point. Vous ne trouveriez pas même
„ de l'argent à 40 pour cent, parce que

„ cela ne se rencontre qu'une fois..... „ Et si les Libraires de Paris, à qui vous „ devez 80000 l. plus que vous ne pourrez „ jamais payer, tomboient tout-à-coup „ sur vous, que deviendriez-vous? Vous se- „ riez puni par où vous avez péché... Pre- „ nez y garde sérieusement.... La foudre „ est sur votre tête, elle menace de vous „ écraser.... Vous nierez tous ces faits... „ Vous crierez à l'imposture, mais on peut „ vous les demontrer aussi clairement que le „ tout est plus grand que sa partie. Rien „ n'est plus certain, & vous en conviendrez „ au fond de votre cœur, si vous en avez „ un. Qu'aurez vous quand vous aurez fait „ de la peine à M....? Vous aurez peut- „ être ici un Libraire de moins, & vous au- „ rez à coup-sûr cent ennemis de plus. Le „ tour abominable que vous avez joué à „ Mess. M..... & B..... & la honte qui „ doit vous en résulter, ne devroit-elle pas „ vous avoir corrigé?

Ces Messieurs avoient imprimé l'*Histoire Philosophique & Politique des deux Indes.* Cet Ouvrage fut défendu à Paris, dans le tems qu'Emanuel se trouvoit par hasard chez un de ces Messieurs. On lui proposa de prendre en commission le reste de l'Edition. La proposition étoit trop flatteuse pour la refuser, & d'abord on en fit l'expédition pour Bruxelles. A peine les ballots y furent-ils arrivés, qu'Enuel en envoya un Exemplaire pour la contrefaire; desorte qu'il s'embarrassa peu du débit de sa commission. Ces Messieurs n'ayant plus aucune nouvelle de leur Ouvrage, prirent la Poste, & vinrent à Bruxelles, où Emanuel leur donna de si pauvres raisons, qu'ils virent bien qu'ils étoient ses dupes. Ils retirerent leur Edition de ses mains, & la firent passer en Hollande; mais au moyen de la contrefaction qu'on en faisoit, & qu'on eut bientôt achevée, ils perdirent la plus grande partie des avantages qu'ils s'étoient promis de cette entreprise. Pour les avoir si bien servis, Emanuel en exigea cent écus pour sa commission.

Emanuel, toujours rempli du dessein d'écraser *per fas & nefas*, ses Confreres les Libraires, & capable du trait que nous venons de rapporter, avoit résolu entre lui & *Kirie*, son Associé, de commencer le Sacrifice général qu'il en vouloit faire, par le Sieur M.... Celui-ci, pour des raisons qui ne lui sont nullement défavorables, pensa à former un Etablissement à B....... sans néanmoins quitter celui qu'il avoit à L.... Le Gouvernement daigna lui accorder toutes ses demandes, & cette raison étoit plus que suffisante pour l'engager à s'y fixer absolument. Cet Etablissement, comme on peut bien se l'imaginer, lui a coûté plus de 300 louis, sans qu'aucun Habitant de B....... puisse dire

dire d'y avoir été intéreſſé pour un ſol.

La connoiſſance qu'il avoit de la jalouſie innée dans le cœur de pluſieurs Libraires, & ſur-tout d'Emanuel, & du Pygmée *Kirie*, ſon Aſſocié, lui faiſoit redouter les traits envenimés de l'envie. Naturellement franc & ſincere, il ſentoit qu'il auroit de la peine à ſe plier aux manieres de ceux qui exerçoient la même profeſſion que lui, mais qui l'exerçoient avec une politique raffinée & hypocrite, & dont le cœur n'étoit jamais d'accord avec les paroles. Il maintint ces deux Etabliſſemens pendant quelque tems, & s'il avoit pu s'en tenir uniquement à celui de B........ l'Etat y auroit trouvé le même avantage qu'il procure aujourd'hui à L.... où il occupe journellement au moins cinquante perſonnes. (*)

Emanuel offenſé des ſuccès que M.... pourroit avoir par la ſuite, l'avoit déja décrié chez tous les Libraires de Paris, lorſqu'il y avoit obtenu une procuration contre lui; mais pour avoir d'autant plus d'occaſions de lui nuire, il avoit fait ſolliciter par *Kirie*,

---

(*) Ces Meſſieurs ſe plaignent, que la Librairie ne jouit d'aucune conſidération à Bruxelles, & ils ont raiſon; mais c'eſt parce que leurs manieres & leurs tracaſſeries continuelles, empêchent le Gouvernement de leur en accorder. Tant que la Librairie de ce Pays, ſera montée ſur ce ton, cette branche ſi conſidérable de Commerce, ne pourra y être floriſſante.

ſon Aſſocié, une autre procuration de N.... Libraire d'Arras. Munis de ces pieces, on aſſemble le Sanhedrin, Emanuel, *Kirie*, l'Avocat Gallican, & le Junior Procureur, qui avoit accordé ſa protection à ce dernier. Emanuel auroit bien voulu agir comme Conſtitué, car il eſt charmé de faire du mal à découvert, mais on convint qu'il valoit mieux paſſer ces procurations à l'Avocat Gallican, qui ne ménageroit rien, & que d'ailleurs, le conſeil d'Emanuel ſeroit toujours ſuivi : On réſolut encore d'affoiblir la victime, avant de la ſacrifier. En conſéquence, on dit & on écrivit par-tout, que M.... alloit faire banqueroute. On multiplia ſes dettes, on imagina des revers & des embarras, qui ne furent jamais; mais on en fit pourtant naître par-là, qu'il n'auroit jamais eus.

On ſait ce que vaut à un Marchand ſa réputation & ſon crédit, & que s'il ne les conſerve pas, il a peine à conduire ſes affaires. Le tort que la calomnie lui fait, en les lui faiſant perdre, eſt en quelque ſorte irréparable, parce que le calomniateur n'emploie que des tortuoſités, d'inſidieuſes inſinuations pour perdre, ſans qu'il le ſache, l'objet de ſa haine & de ſa jalouſie.

M.... n'ayant jamais agi avec Emanuel que comme avec tous ſes autres Confreres, c'eſt-à-dire, ſans être jaloux de leurs ſuccès, ne penſoit pas l'avoir offenſé, en formant ſon établiſſement à B..... Il eſt naturel à un pere de famille qui cherche à élever honnêtement ſes enfans, & à faire honneur à ſes affaires, de profiter de toutes les occaſions d'augmenter ſon commerce. Mais il eſt contre la nature qu'un homme, auquel on n'a fait que du bien, cherche à nous détruire. On peut dire que c'eſt un monſtre qui n'a d'humain que la figure. M.... connoiſſoit bien Emanuel pour un préſomptueux, pour un bavard; mais il ne le ſoupçonnoit pas de pouſſer, ſans raiſon, auſſi loin, à ſon égard, la malignité & l'envie, & de ſervir de premier inſtrument pour ſa deſtruction, ſi elle avoit été poſſible de ſa part.

Quelqu'un demandera, peut-être, comment il eſt poſſible que des hommes ſoient ſi méchans? Mais on lui répondra qu'il eſt ſans doute néceſſaire que nous ayons des preuves de l'influence des mauvais eſprits ſur celui des hommes; & il ne fut jamais, à cet égard, d'argument plus parlant que les perſonnes & la conduite d'Emanuel & de *Kirie;* mais pour leur montrer qu'on eſt auſſi obligeans à leur égard, qu'il ſont cruellement jaloux, on joint ici un Catalogue des Livres qui ſe trouvent chez eux.

# CATALOGUE

## DES

# LIVRES DE FONDS

*De MM. Emanuel & Kirie, très-célebres Libraires, & non moins célebres Imprimeurs pour l'avenir.*

LA Logomanie, ou la démangeaiſon de parler, 10 vol. in-folio; par le Reſtaurateur à venir moderne, de la Typographie en Brabant.

De la façon de deſcendre les eſcaliers, ſans les ſalir; par Dom Emanuel Nolf, 6 vol in-12. ſans la ſuite.

Diſſertation ſur la façon d'eſquiver les coups d'épée dans les diſputes, 1 vol. in 8vo. par les même.

De l'aptitude à connoître les Livres ſans les lire, 1 vol. in-18. par le même.

Le Grimacier devant un miroir, Drame héroï-comique, repréſenté aux Foires de Gand, Namur, Mons, &c. par le même.

De la maniere de deſcendre promptement des Diligences, ſans ſe ſervir de l'eſtrapontin; par le même.

L'Ostéologie, ou rapport qu'il y a entre le *facrum* & le *duodenum*, & qui peut faire l'effet d'un vomitif, avec un petit Traité des reconnoissances bâtonnées; par le même, petit 8vo.

Le Fat puni, Opéra tragi-comique, dont la Scene est à l'Eperon.

Traité du Commerce Bibliographique, avec la maniere d'y réussir par la vilipendation; à quoi on a ajouté la maniere d'acquérir des Livres à bon compte; le tout par le même, brochure in-12.

Le beau T-homme, ou le Sot amoureux de sa figure, Roman comique, 1 vol. 8vo.

Le Corbeau paré des plumes du Paon, Histoire véritable, 1 vol. in-12.

Petit Traité d'éducation pour les tons de Paris, où l'on enseigne la maniére de s'appuyer en s'allongeant sur le dos des chaises, de mettre un genou sur l'autre, & de se reposer sur sa canne en parlant indistinctement à toute sorte de personnes; par le même Dom Emmanuel Nolf: Ouvrage qui a remporté le prix qui se distribue tous les mois, à l'Académie de la Calotte, brochure in-12. sur papier gris.

L'amoureux Typographe souffleté par un jeune homme, Comédie en un Acte; par le même, représentée à Reims.

Traité de la marche élégante; par le Smaufs Relacol ou *Kirie*, format rompu, papier d'emballage, brochure.

Traité de l'usure, où l'on établit des principes tirés de la Sinagogue, & contraires à ceux de S. Thomas, in-4to, relié en planche; par le même. Cet Ouvrage est dédié aux Rabbins de la Sinagogue d'Amsterdam.

Traité des piédestaux ceintrés, où l'on prouve, contre les regles de l'Architecture, qu'ils peuvent être ainsi & être très-bien, suivant le systême de l'optimisme; par le même, format baroque, papier grissale.

Traité de l'économie domestique, où l'on enseigne la façon de faire vivre trois personnes au moyen de six sols par jour; Ouvrage très-utile à tous les Gargotiers des Capitales & des Villes de Provinces; par le même, relié en carton, & couvert de toile cirée. Il est dédié aux manes de Pentagruel & de Gargantua.

Traité des courbes, par le même; où l'on montre qu'en les opposant de direction, ils formeroient la plus parfaite figure de la Géométrie.

Le Gulivertin ou le Pygmée mal jambé, Comédie bouffonne.

Méthode pour faire mourir les rats, utile à ceux qui ne veulent pas faire la dépense de nourrir un chat; par le Sieur *Kirie*.

Dissertation sur la connoissance des vieux Livres, qu'on nomme ordinairement Bouquins; par le même. Cet Ouvrage a été couronné par l'Académie de Scharbeck.

L'Adonis imaginaire & le Pygmée réel, association ridicule, mais à craindre; par un connoisseur des sujets. Ouvrage où l'on développe une partie des intrigues dont ils se font honneur.

La charitable Margot la Ravaudeuſe, ou le Juriſconſulte entretenu ; bochure in-12.

La Juriſprudence expatriée, ou l'Avocat ; Ouvrage où l'on montre que les paſſe-volans ſont plus malins, moins inclinés à faire du bien que les autres ; qu'ils ont moins de connoiſſances & plus de beſoin de gagner de l'argent. On le croit du Sieur Trebog, Juriſconſulte expert pour les cauſes de concubinage, de ſéductions de filles mineures, & tout ce qui conſtitue un culetage contre les regles.

La correſpondance concubinaire, ou le Secrétaire des talens ; Ouvrage publié par le même, pour ſe mettre en vogue.

Le Curateur ſans reſſéance, où l'on prouve qu'on peut nommer des inconnus pour curateurs, contre l'eſprit de la Loi ; par le même.

Le nouveau Barthole, ou le Juriſconſulte à la Gargotte, Comédie larmoyante & bouffonne.

Nouveau ſtyle propoſé par un Avocat Gallican, & reconnu baragouin par ceux qui ſuivent l'ancien ; brochure in-4to. papier *ex patria*.

L'Equipage à la capucine, ou la vie de l'Avocat de je ne ſais où ; brochure.

Thémis indignée contre un avorton ſoi-diſant de ſes ſuppôts ; Hiſtoire véritable, mais que les Libraires ſuſdits ne débitent pas volontiers, parce qu'elle n'eſt pas à l'honneur du héros, leur ami.

La bouteille du Procureur, ou les larmes du plaideur, Tragi-Comédie, en cent mille Actes, dédiée aux Chefs de la Juſtice.

La Brebis dépouillée pour en manger la viande, & en avoir la peau ; par le Procureur Tems, *junior*.

Le Bras caſſé, ou la partie vengée, Comédie riſible, dédiée à cet Auteur.

Le Simonide moderne, ou l'Avocat pérégrinant ; in-8vo. brochure.

Cours de Juriſprudence Françoiſe, ouvert tous les jours à la Gargotte, près des Auguſtins, pour les Avocats Flamands qui veulent aller patrociner à Paris ; prix, dix liards, brochure fort mince, papier collé demi-gris.

Les ſoupirs de la France, ſur la perte d'un ſoi-diſant Avocat, qui s'eſt expatrié par haine pour ſa Patrie, ou que cette Patrie ingrate n'a pas voulu conſerver ; Poëme tragi-comique, dédié aux filles obligeantes des rues Iſabelle, &c.

Le Procureur trop obligeant, ou le grippe-ſols ſans pitié, brochure dediée à Charlot caſſe-bras, Maître des Hautes-œuvres de Paris, & à tous ceux exerçant les mêmes fonctions dans les autres Villes.

Hiſtoire de deux Larrons, dont nul n'eſt le bon, avec un petit diſcours ſur la vie de l'Apôtre Judas, qui peut s'attribuer à tous ceux qui donnent dans l'Iſcariotiſme ; Ouvrage dont la connoiſſance eſt utile à tous ceux qui fréquentent des Procureurs, des ſoi-diſans Avocats, & des Libraires de la petite trempe ; in-12. grand format, avec des figures relatives au procès & à la mort du juſte.

L'Egrugeoire des innocens, ou les cheres épices ; par le Procureur Tems, *junior*, *alias* à rebours, dédié à ſes amis Emanuel, Kirie & Trebog, gens dont les hautes vertus méritent une exaltation comme celle de la Sainte Croix.

Récit des bonnes actions des Sieurs Emanuel, Kirie, Trebog & Tems; le titre seul, le reste en blanc, format in-36.

Récit des mauvaises actions des mêmes; 4 vol. folio, caracteres petit-romain, avec des variantes & des notes de nompareille.

L'Avocat sans pratique, ou la paille au cul; Comédie bouffonne, en un Acte.

Et tous les Livres possibles, Bouquins, Modernes, Défendus & autres.

---

*Livres qui doivent leur arriver incessamment.*

La Fortune en pet-en-l'air.

L'Esaü moderne, plus mauvais que l'ancien.

Les Extrêmes en société, la crasse & l'orgueil.

Les Sabots cassés, ou le Manant revêtu.

Le Marmiton du Chanoine, ou le sot Pindariseur.

Le Gascon de la Sambre, ou le Libraire sur des échasses.

Le Porte-balle en robe de chambre, ou le Colporteur déguisé.

Traité de la taxe des Livres; par Mrs. Kirie & Smeren, de l'Académie de Scharbeck.

Epithalames pour une alliance future, ou la Mere des marmots.

Le mariage de Polichinel, ou l'alliance risible.

Le Pere domestique de son fils, ou le Cuisinier économique.

Traité du Rabais de dix pour cent, dans le commerce au comptant, & autres petites pratiques judaïques & mercantilles ; par Kirie. In-fol. format rompu, papier double-balance.

L'alliance du Grec & du Wallon, ou les épousailles de Kirie, Comédie boufonne qui sera, dit-on, représentée l'été prochain, au grand Hôtel du Pere aux Bouquins.

Nouveau Traité des infiniment petits, ou les deux Libraires Belgiques Associés. Ouvrage où l'on apprend à connoître comment il faut se comporter dans les Foires pour vendre l'esprit des autres, sans en avoir.

Maniere de monter sa montre avec élégance, & toujours en public, afin que personne n'ignore qu'on en a une : avec une petite dissertation sur la façon de tenir la double caisse enfilée au petit doigt, afin qu'on en puisse admirer le travail ; par Emanuel, format des équations, édition superlicoquentieuse.

De l'usage du Q, au lieu du K dans les différentes langues, par M. Kirie, & dédié à sa future épouse.

L'Avocat Paslatin, ou le Masque en Licencié, Opera Comique, avec un Vaudeville, sur l'air des Pendus.

Mercure le populaire, ou le Défenſeur des Filles-de-joie, Piece Bouffonne, *ſine anno & loco*, dédié à un très-expert ſoi-diſant Avocat, patrocinant *incognito*.

La Fille qui n'a qu'onze écus pour dot, Comédie en un Acte, dédiée à Madame future Kirie; par un Anonyme, même format, même papier, que l'Hiſtoire de la belle Maguelone.

La mort d'Abſalon, ou la fin d'un Procureur, Tragi-comédie, dont la Scene eſt ſur la grand'place; papier de rôle, caractere à groſſer, ou gros Canon Italique.

L'Oiſeau Volant avec une plume, ou les Aventures d'un Procureur. In-folio, grand format, petit caractere.

La Converſation entre un Procureur Brabançon, & un ſoi-diſant Avocat Gallican, ou l'*Ait latro ad latronem;* Ouvrage eſſentiel à tous les Plaideurs.

Le faux Joſeph, ou Emanuel méconnoiſſant ſes freres.

Le Stockfish ſans beure, ou la Régalade du Procureur, avec une petite diſſertation ſur l'Ance caſſée.

De l'abus du Luxe dans les ameublemens; par un ſoi-diſant Avocat. Ouvrage où il prétend prouver qu'on a auſſi chaud en Hiver avec un habit de camelot, qu'avec une fourrure.

Traité de l'ame des Bibliographes. Ouvrage qui répand des doutes ſur ſon exiſtence; avec une diſſertation ou l'on prouve que, s'il en eſt qui n'en ont pas, il en eſt auſſi qui en ont; ouvrage curieux, mais métaphyſique.

Les Pirates de terre, ou Hiſtoire des Contrefactions, 30 vol. volumes in-fol. ſans les ſupplémens.

Les Bibliographes dorés ſur trenche & ſur le plat, ou les foibles échaſſes, Comédie.

La poudre aux yeux, ou les Catalogues des fonds d'autrui, des embryons Bibliographes, terminés par un petit diſcours ſur la nobleſſe de la profeſſion & le droit qu'ils ont de porter l'épée, malgré les placarts héraldiques.

Nouvelle Relieure, le veau en deſſous, ou les petits vendeurs d'eſprit, brochure véridique.

La correſpondance bibliographique, ou les relations d'Emanuel avec les Colonies Britanniques. Ouvrage un peu menſonger, mais amuſant.

Autre correſpondance de *Kirie* avec la Judée, par l'Ishme, de Suez, où l'on enſeigne une partie des pratiques du commerce judaïque.

Le nouveau Gentilhomme Bourgeois qui ſait tout, ſans avoir rien appris, ou la ſcience innée chez Emanuel.

Traité du goût pour l'antiquaille; par Kirie, où l'on enſeigne la méthode de blanchir des eſtampes enfumées, à la roſée de Mai.

Le Libraire en belle humeur, ou Emanuel au Billard, le jour ſur-tout qu'on ne joue pas de la queue; Comédie aſſez inſipide à cauſe de la longueur des récitatifs.

*F I N.*

www.ingramcontent.com/pod-product-compliance
Ingram Content Group UK Ltd.
Pitfield, Milton Keynes, MK11 3LW, UK
UKHW020332180726
13839UKWH00002B/673

9 782329 582764